诗咏新中国

《诗刊》历年作品选

《诗刊》社 编

中国书籍出版社
China Book Press

《诗刊》，总是站在时代的前列（代序）

李少君（《诗刊》社主编）

众所周知，诗歌从来是时代最敏感的探测器，今年是"五四"新文化运动一百周年，"五四"新文化运动的第一场风暴就是新诗革命，因为，诗歌在中国文化中具有特殊的基础的地位，又发挥着核心的重要的作用，因此，文化思想的变革必定从诗歌开始，新诗发出了新的历史时期的第一声呐喊，新诗革命开启了新文学革命和新文化运动的先声。随后，在每一个历史转折的敏感时刻，诗人总是成为感知时代的先锋，诗歌总是成为时代的号角和第一声春雷：新中国成立之初，诗人胡风欢呼"时间开始了"；人心思变的前期，诗人食指就坚定地喊出"相信未来"……诗歌，是时代的风向标；诗人，是时代的吹号者。

《诗刊》，也总是站在时代的前列。《诗刊》创刊于1957年，一开始就确立了自己的独特道路，创刊号既发了十八首毛泽东诗词，又重点刊发艾青、冯至、萧三、徐迟、闻捷等人的新诗，走了一条兼容并蓄、丰富多样的办刊路线。同时，还刊登了戈宝权翻译的聂鲁达新作，奠定了开阔的国际视野，为以后《诗刊》的发展奠定了方向。这种"亦新亦旧"的办刊路线，持续至今，使《诗刊》总是能传承历史，致敬传统，又能顺应时代，不断创新。

冯友兰先生在《西南联大纪念碑文》中曾称："我国家以世界之古国，居东亚之天府，本应绍汉唐之遗烈，作并世之先进，将来建国完成，必于世界历史居独特之地位。盖并世列强，虽新而不古；希腊罗马，有古而无今。惟我国家，亘古亘今，亦新亦旧，斯所谓'周虽旧邦，其命维新'者也！"这段话的意思是说，无论是从国家的层面上讲还是从文化的意义上衡量，居于现代层面的"中国"来源于"旧邦"的历史文化积淀，但它自身也存有内在创新的驱动力。不断变革、创新，乃是中国文化的一种天命！这种"亦新亦旧"同样可以应用在我们对"五四"以来新文化新文学、特别是诗歌的理解上。新诗的发生，也可以说是中国历史发展必然出现的事件，是一种天命，但新诗的根基又是来源于伟大的中国古典诗歌。《诗刊》对此一直保持着足够的敏锐和警醒。

一个时代有一个时代的文艺，一个时代有一个时代的精神。在每一个历史时期，无论是在思想解放运动的思潮激荡之中，还是在探索奋斗的艰难征程之中，乃至在日常生活的细微变化与审美变革之中，诗歌界都有所反映，有所描述，有所指向，有所创造。《诗刊》从未置身于时代之外，从1950年代开始，艾青、贺敬之、郭小川等浪漫主义抒情诗人，卞之琳、穆旦、冯至等现代派诗人，余光中、洛夫、郑愁予等港澳台地区及海外诗人，食指、北岛、舒婷等朦胧派诗人，于坚、西川、翟永明等第三代诗人，都曾在《诗刊》发表他们的代表作或重要作品。六十多年来，《诗刊》团结和推出了一大批优秀诗人，名篇佳作如林，为中国诗歌事业的发展和繁荣做出了卓越的贡献。《诗刊》的历史，可以说是中国当代诗歌发展的历史。

2019年3月4日，习近平总书记参加全国政协十三届二次会议的文化艺术界、社会科学界委员联组会，在会上，习近平总书记强调：中国特色社会主义进入了新时代，希望大家承担记录新时代、书写新时代、讴歌新时代的使命，勇于回答时代课题，从当代中国的伟大创造中发现创作的主题、捕捉创新的灵感，深刻反映我们这个时代的历史巨变，描绘我们这个时代的精神图谱，为时代画像、为时代立传、为时代明德。可以说，这是习近平总书记对新时代诗歌发出了动员令。

诗人应该成为新观念新价值的先行探索者确立者，三国曹丕就称"盖文章，经国之大业，不朽之盛事"。在西方，诗人雪莱也有个说法：诗人是世界的立法者。确实，在古代，诗人出身祭师，被认为可以为神代言，与神有联系，是终极价值的确立者。在中国古代，由于文史哲一家，诗歌中包含大量的哲学思想观念，这也是为什么古典诗歌至今影响深远的原因。林语堂、钱穆都认为诗歌在中国传统中有着宗教一样的作用，教导人们如何看待世界、看待他人与生活，深层次地影响人们的价值观念和生活方式。

新时代诗歌，也应该发挥这样的作用，应该成为新时代的定海神针，传递真善美，为人民确立坚定的信仰和价值观。这种价值观的核心，就是习近平总书记强调的以人民为中心的主体意识价值取向。新时期文学是从确立主体性开始的，但那是一种以个人为中心的主体性。在启蒙主义思潮影响下，自我发现、自我寻找、自我实现的价值观风靡一时，曾对人性的解放人道的弘扬起到过积极作用，但过于强调自我，导致后来解构主义思潮的泛滥，否定传统、贬低英雄、反对崇高，直至解构一切宏大叙事，最终走向了历史虚无主义。新时代诗歌，应该确立以人民为中心的主体性，这种主体性里面本身就包含了个体性和民族性，是建立于个体和民族基础上又超越具体的个人和民族的。

新时代应该是一个建构主义的时代。诗歌的变革首先是价值观的变革。唐初陈子昂的诗歌革命，首先就是提倡"风雅兴寄""汉魏风骨"，被认为"一扫六代之纤弱"，"以风雅革浮侈"。在唐代，陈子昂的诗歌成就不是最高的，但韩愈认为"国朝盛文章，子昂始高蹈"，李白、杜甫、白居易等对之推崇备至。新时代也需要这样的"黄钟大吕"。我们曾经经历过一个解构主义时代，自我否定、自我贬低乃至自我丑化，越走越远，最终走向彻底的虚无主义和解构主义；新时代，就应该从个人主体性逐步走向国家主体性、民族主体性，走向自我肯定、自我发现和自我创造，走向逐步建构的新的以人民为中心的主体性。

从文化自卑、文化自残走向文化自觉和文化自信，这一历史性的巨大转折，正是新时代最具诗意之处，是诗人们最能发挥自由创造的无限空间。兼具思想能力和感受能力的优秀诗人，最终会将人民的主体性、民族的主体性、国家的主体性和个人的主体性融为一体，加以不断肯定、不断强化和不断超越，提炼出新时代的核心价值，建构出强大的具有普世性的主体性精神力量，打动人心，感染世界，改变风气，影响社会。

在新时代，诗歌还应该创造新的美学原则，建构新的美学方式。习近平总书记说：人心是最大的政治，共识是奋进的动力。艺术的最高境界就是打动人心，就是如何赢得人心，文学艺术皆以形象赢得人心。文艺的基本规律是形象思维，文艺以形象感人，只有典型形象才能深入人心、永久流传。诗歌以文字塑造形象，营造意境，激发情感。我们这个时代恰恰是一个新意象、新形象层出不穷的时代，但要使之永久，必须靠文艺来创造，文字可以比肩造化神功，甚至"巧夺天工"。在新时代，新的经验、新的感受与全新的视野，都和以往大不相同，以一种加速度的形式在迅速产生着。山河之美与自然之魅，日常生活之美与人文网络、社会和谐，都将给诗人带来新的灵感和冲击力，激起诗性的书写愿望；而复兴征程、模范英雄、高速高铁、智能机器、青山绿水、绿色发展、平等正义、民生保障、精准扶贫、安居乐业、一带一路、海洋世纪、共享经济、航天探索……都可以成为抒写对象，成为诗歌典型，都可以既有时代典范性，又具有艺术价值。

共识，其实就是强调公共性。诗歌绝对不是自我封闭的，要走出"小圈子""小团体"，要与人民同呼吸共命运。王夫之在《诗广传》中称："君子之心，有与天地同情者，有与禽鱼鸟木同情者，有与女子小人同情者……悉得其情，而皆有以裁用之，大以体天地之化，微以备禽鱼草木之几。"特别强调了人与他人及万物的心灵感应，强调了人之共通感。以心传心，心同此理，所有的人是可以相互感通共鸣的，是可以互相理解互相安慰的；心通万物，天人感应，整个世界被认为是一个感应系统，感情共通系统；"民吾同胞，物吾与也"，这样一种观点，可以说是最朴素的人民观，是人民性的基础。在这样的观点看来，个人性与人民性一点也不冲突。诗歌应该从"小众"走向"大众"，走向更广阔的生活与世界。事实上，伴随全球化网络化，加快促进了中西大融合，各种价值观念碰撞融汇，人类命运共同体的建构正在成为现实……这些，都扩大了人们的视野，放大了人们的想象力，进而催生出新的生活方式和观念价值，带来新的美学观念和美学形式，这将是一个新的美学开疆拓土的时代，可以既葆有中国特色本土根底，又具有全球开阔视野和胸怀，这是一个将创造出全新美学方式与生活意义的新时代。

《诗刊》一直与时俱进，在新时代也不例外。2019年，《诗刊》社联合《文艺报》社、《光明日报》文艺部联合举办"新时代诗歌大讨论"，凝聚共识，历时五个月，在诗歌界形成了争相记录新时代、书写新时代、讴歌新时代的氛围和风气，继《诗刊》开设"新时代"诗歌专栏后，《星星》《诗歌月刊》等也开设了同类栏目；随后《诗刊》和鲁迅文学院联合主办"新时代诗歌创作高级研修班"，有方向性地引导诗人投入新时代诗歌创作，并牵头成立全国诗歌报刊联盟，引领全国诗人投入新时代诗歌创作与建设；同时积极推进诗歌进校园、社区、公交、高铁与飞机，让诗歌进入寻常百姓家，举办"为人民诵读——诗歌轻骑兵"活动，与山东航空公司举办"《诗刊》

《诗刊》，总是站在时代的前列（代序）

上飞机"活动，计划"诗歌高铁专号"，推动优秀诗歌进入普通群众生活之中。

确实，新时代已经到来，"周虽旧邦，其命维新"，新诗既然名为"新"，创新就是新诗的天命，新时代诗歌应该担负起思想革新、诗歌变革的重任，诗人们应该充当思想解放、观念革命和艺术革命的先锋，开拓新的感受方式和美学追求，创造新的价值，站到时代的前列，吹响时代的号角。《诗刊》，也将永远站在时代的前列。

目　录

《诗刊》，总是站在时代的前列（代序）…………………………李少君（1）

上篇　诗词
一九五七年
沁园春·长沙……………………………………………………毛泽东（3）
沁园春·雪………………………………………………………毛泽东（3）
水调歌头·游泳…………………………………………………毛泽东（3）
浪淘沙·北戴河…………………………………………………毛泽东（4）
清平乐·六盘山…………………………………………………毛泽东（4）
菩萨蛮·黄鹤楼…………………………………………………毛泽东（4）
清平乐·会昌……………………………………………………毛泽东（5）
忆秦娥·娄山关…………………………………………………毛泽东（5）
一九一七年秋西湖纪游…………………………………………林伯渠（5）
国庆节……………………………………………………………金克木（6）
延安留别…………………………………………………………谢觉哉（6）

一九五八年
画藤花……………………………………………………………齐白石（6）
幼蘅行未久，相无又去江户，作此送之（遗诗）……………李大钊（7）
悼郑振铎副部长…………………………………………………茅　盾（7）
南社会于虎丘之张东阳祠，诗以纪之…………………………柳亚子（8）

一九六一年
游鸣凤岭…………………………………………………………郭沫若（8）
崖门凭吊…………………………………………………………陶　铸（9）
看七星岩洞………………………………………………………朱　德（9）
奋步登云岭山往访新四军军部故址，满山杜鹃如血…………刘白羽（9）
临江仙……………………………………………………………俞平伯（10）

1

一九六二年

冬夜杂咏（选二）……………………………………… 陈　毅（10）
　　青　松
　　含羞草

一九六三年

过开平……………………………………………………… 田　汉（11）
赠李可染………………………………………………… 老　舍（11）
赠曹禺…………………………………………………… 老　舍（12）

一九七六年

水调歌头·重上井冈山………………………………… 毛泽东（12）
念奴娇·鸟儿问答……………………………………… 毛泽东（12）
毛主席挽诗……………………………………………… 赵朴初（13）

一九七七年

悼念周恩来总理………………………………………… 胡厥文（13）
八十书怀………………………………………………… 叶剑英（13）

一九七八年

书怀（步原韵，和友人）……………………………… 姚雪垠（14）
春日偶成………………………………………………… 周恩来（14）
无　题…………………………………………………… 周恩来（15）
天安门革命诗抄…………………………………………………（15）

一九七九年

晨　跑…………………………………………………… 萧　军（15）
峨　眉…………………………………………………… 何其芳（16）
东征口号（二首选一）………………………………… 刘大年（16）

一九八〇年

二月二十一晚即事……………………………………… 王统照（16）

一九八二年

诗四首（选一）………………………………………… 唐　弢（17）
　　有　赠

目 录

一九八三年

重到西湖	钟敬文（18）
念高旅	聂绀弩（18）

一九八四年

鹧鸪天·飞燕	谢 堂（19）
夔 门	胡 绳（19）
凭吊兴化施耐庵遗迹	叶元章（19）
赠吉田健三先生	赵朴初（20）
登泰山	詹焜耀（20）
昭烈墓	李汝伦（21）
武侯祠	李汝伦（21）

一九八五年

吕剑索诗	聂绀弩（21）
百字令·重建黄鹤楼落成	林 平（22）
与莲英淑贞过黄花岗七十二烈士墓	黄松鹤（22）

一九八六年

望昭陵	林从龙（23）

一九八七年

浪淘沙	阚家蓂（23）
谒昆明闻一多先生塑像	刘 征（23）
"黄金海岸"游泳	程光锐（24）
文 章	臧克家（24）
鼓 声	臧克家（25）
祝贺内子入党	吴淮生（25）
登八达岭	李曙初（25）
论诗五首（选一）	华钟彦（26）
山 泉	林从龙（26）
辽宁千山	郭笃士（26）
金缕曲·谈理想与追求	黄 钟（27）
沁园春·题《夏完淳集》	白 坚（27）

一九八八年
奉和臧克家先生…………………………………… 施议对（28）
咏月季……………………………………………… 闻　山（28）

一九八九年
满江红·友至……………………………………… 李汝伦（28）
归欤感赋…………………………………………… 林　锴（29）
鹊桥仙·致竹下先生……………………………… 莫　舍（29）
巡线工……………………………………………… 来根友（30）
建国四十周年礼赞………………………………… 李曙初（30）

一九九〇年
南戴河之晨………………………………………… 程光锐（30）
泰山五大夫松……………………………………… 宋谋瑒（31）
湖乡行……………………………………………… 赵石麟（31）
述　怀……………………………………………… 刘人寿（32）
山　居……………………………………………… 鲁　兵（32）
沁园春·深圳特区成立十周年…………………… 黄施民（32）
读《郁达夫诗词集》感而有作…………………… 丘良任（33）

一九九一年
早发重庆…………………………………………… 丁永淮（33）
游禺峡……………………………………………… 蔡厚示（34）
桂林阳朔群山赞…………………………………… 王自成（34）

一九九二年
焦裕禄礼赞………………………………………… 刘华媛（34）
减字木兰花·日本浜松海边望远………………… 林　岫（35）
吊虎门……………………………………………… 姚雪垠（35）
临江仙·三八感赋………………………………… 侯孝琼（36）
京华客……………………………………………… 林　锴（36）
长相思·忆………………………………………… 方淑慎（36）
咏　史……………………………………………… 杨启宇（37）

目 录

一九九三年

山　鸟	吕　剑（37）
【中吕·醉高歌带喜春来】报国情怀老更浓	丁　芒（37）
读　史	王达津（38）
牵牛花	凌世祥（38）

一九九四年

中秋寄内	张　锲（39）
郊　望	陈贻焮（39）
水　仙	张智深（40）
刘邦拜将台戏赋六绝句（选三）	袁第锐（40）
重到西湖	曾景初（41）

一九九五年

登采石矶翠螺峰瞻太白塑像浩然作歌	刘梦芙（41）
浣溪沙	马斗全（42）
雨中登红日阁	史　鹏（42）
江城子·访友	赵剑华（43）

一九九六年

一九八七年八月由日本北海道飞琉球	赵朴初（43）
定风波·吟宁夏	张　璋（43）
瘦西湖歌	勒中煜（44）
无　题	刘　章（45）
曹雪芹	王　澍（45）
迎　燕	熊东遨（45）
遣　怀	胡　绳（46）
除夕抒怀	李鸿楷（46）
登斗岩山	陈秀新（46）

一九九七年

哭孔繁森长歌	王亚平（47）
大明湖即目	杨尚模（48）
水龙吟·参观引大工程有感	周笃文（48）

重游汉中…………………………………	霍松林（48）
扬州梅花岭吊史可法…………………	林家英（49）
念奴娇·登鼓浪屿日光岩………………	刘梦芙（49）
颂小平·怀周公………………………	刘华媛（49）
迎香港回归……………………………	钟家佐（50）
归　舟…………………………………	何济翔（50）
引大入秦工程赞………………………	林从龙（51）

一九九八年

诗五首（选一）………………………	程千帆（51）
龟兹放歌………………………………	王文英（51）
无花果…………………………………	王国钦（52）
颂南泥湾精神…………………………	赵焱森（52）
春　兴…………………………………	叶玉超（52）
水龙吟…………………………………	陈洪武（53）
海外怀乡………………………………	蔡厚示（53）
鹧鸪天·吊闻一多遇难处……………	蔡淑萍（53）

一九九九年

满庭芳·寄友…………………………	邓世广（54）
题贺龙碑林……………………………	刘　章（54）
太平叹…………………………………	白凌云（54）
石河子周总理纪念碑…………………	欧阳鹤（55）
黄果树瀑布……………………………	马焯荣（55）
春访怀柔（四首选一）………………	古　钟（55）
浣溪沙·咏项羽………………………	阿　垅（56）
生查子·喜迎澳门回归………………	叶钟华（56）
为澳门回归而歌………………………	孙轶青（56）
故乡月下望六连岭……………………	周济夫（57）
旅居澳门七年有感……………………	何佐瀚（57）

二〇〇〇年

谒郑成功墓……………………………	梁上泉（57）

目 录

报 喜	王 澍（58）
致武打作家	萧灼其（58）
啼 莺	张品花（58）
绝 句	龙 凤（59）
老君炼丹炉	欧阳鹤（59）
江村雨后	凌世祥（59）
重到西安（二首选一）	李汝伦（60）
夜 归	管用和（60）
瓜香果甜	秦中吟（60）
水电站偶成	叶晓山（61）
题画中虎	李宗逊（61）

二〇〇一年

望君山	熊楚剑（61）
题丰都鬼城	佟 韦（62）
兰州西望	杨豫怀（62）
谒中山陵	罗约华（62）
纪念彭德怀诞辰一百周年	胡秋萍（63）
重修黄鹤楼感怀	唐双宁（63）
浣溪沙·赴欧洲飞机上	刘 征（63）

二〇〇二年

题黄山"金鸡叫天都"	张 岳（64）
东坡书院口占	梁 东（64）
新辟平安大街	曾敏之（64）
调笑令	厉以宁（65）
题孔雀图	李才旺（65）
迎春曲（二首选一）	姚宜勤（65）
祁连雪（五首选一）	王充闾（66）
赠邹人煜学姐（三首选一）	顾 骧（66）
买平安树	刘 章（66）
登黄山偶感	江泽民（67）

7

故乡吟	倪　健（67）
枫叶歌	沈　鹏（68）

二〇〇三年

萧　瑟	叶嘉莹（68）
十渡山水吟	翟致国（69）
忆江南	李枝葱（69）

二〇〇四年

山　居	叶文福（70）
登居庸关览胜	丁　林（70）
游枣园有感	张元清（70）
鹳雀楼	武正国（71）
城居偶书	姚宜勤（71）
拴驴泉写意	李旦初（71）
大剑山绝顶远眺	孙有志（72）
趵突泉	于东方（72）
黄洋界	翟生祥（72）
望娘子关瀑布	刘德宝（73）

二〇〇五年

七月二十一日于天安门广场观升旗仪式适逢大雨	王恒鼎（73）
别周庄	卢子平（73）
川江号子	张青云（74）
村　居	汪长祥（74）
溪口张学良将军幽居处	徐中秋（74）
山　月	曾咏归（75）
从长春至延边	倪向阳（75）

二〇〇六年

山　夜	刘家魁（75）

二〇〇七年

夜读达旦	杨逸明（76）

二〇〇八年

背妻行 ··· 陈建功（76）

仲夏思乡 ··· 寓　真（77）

二〇〇九年

蝶恋花 ··· 李依蔓（77）

水调歌头·听歌 ··· 王亚平（77）

二〇一〇年

水调歌头 ··· 徐　进（78）

二〇一一年

浣溪沙 ··· 周啸天（79）

临江仙·古西津渡 ··· 蓝　烟（79）

二〇一二年

浣溪沙·外滩 ··· 空林子（80）

浣溪沙·子云示近词惕然有作 ································· 徐晋如（80）

二〇一三年

送别孙若风总编辑 ··· 高　昌（80）

二〇一四年

参观统万城遗址 ··· 邵惠兰（81）

孟姜女庙 ··· 岳如萱（81）

无　题 ··· 吴小如（82）

鹧鸪天·新登鹳雀楼 ··· 丁浩然（82）

祭张锲（三首选一） ··· 郑伯农（82）

二〇一五年

初春雨夜 ··· 杨逸明（83）

余　杭 ··· 郑　力（83）

临江仙·春江泛舟 ··· 刘多寿（83）

春 ··· 庄木弟（84）

浣溪沙·深峡龙潭观瀑 ······································· 胡迎建（84）

迁西喜峰口大刀园行二首（其一） ····························· 刘庆霖（84）

看女儿童年小照 ··· 王富友（85）

谢朓楼………………………………………	李　睿（85）
鱼山夜宿………………………………………	凌泽欣（85）
增　江…………………………………………	龚鹏辉（86）

二〇一六年

阳信雨中赏梨花………………………………	林　峰（86）
游太白故乡……………………………………	刘茂林（86）
秋山寄怀………………………………………	罗　辉（87）
临江仙·白露…………………………………	韩林坤（87）
辞别海南………………………………………	王玉明（87）
恩施大峡谷一线天……………………………	崔　鲲（88）
龟山冬日………………………………………	郑　楠（88）
生查子·无题…………………………………	杜　枚（88）
绝　句…………………………………………	陈廷佑（89）
喀纳斯湖………………………………………	朱秀海（89）
丙申夏于天山下见海棠初开有思焉…………	朱秀海（89）

二〇一七年

浣溪沙·秋日记怀用西字……………………	周燕婷（90）
游中南百草原…………………………………	匡　辉（90）
浣溪沙·谒跃龙山乾坤正气坊和方正学读书处	戴霖军（90）
山村寻春………………………………………	王晓春（91）
鹧鸪天·春日客山家…………………………	奚晓琳（91）
晚　秋…………………………………………	曹初阳（91）
卜算子·太行抗日纪念碑存照………………	白凌云（92）
水调歌头·大美新疆…………………………	赵安民（92）
一剪梅·新疆边境农场………………………	赵安民（92）
水调歌头·航天探源…………………………	韩倚云（93）
题西泠女史旧物………………………………	肖弘哲（93）

二〇一八年

塞北春归………………………………………	白雪梅（93）
登黄山至天都峰………………………………	陈楚明（94）

目录

放　鹤……………………………………………潘　岳（94）
得　闲……………………………………………李兴旺（94）
丁酉人日即立春日也，步老杜人日诗韵…………王新才（95）
西湖杂诗（选一）………………………………邵盈午（95）
东京吊朱舜水……………………………………巴晓芳（95）
喝火令……………………………………………李静凤（96）
迁居至徐家汇有记………………………………王　博（96）
戊戌东湖行………………………………………高遵凯（96）
初伏夜读…………………………………………吴震启（97）
藏地诗之十六……………………………………刘　俐（97）

《诗刊》增刊·子曰

二〇一三年

卜算子·断桥……………………………………贺兰吹雪（97）
携孙山村叠韵……………………………………周济夫（98）
汉宫春·野菊……………………………………刘庆云（98）
山　居……………………………………………滕伟明（98）
漓江行……………………………………………马　凯（99）
小女恬睡…………………………………………马　凯（99）
游天门山采石矶吊李白…………………………袁行霈（99）
贺"子曰诗社"成立………………………………郑欣淼（100）
沁园春·四季画屏之春…………………………李文朝（100）
如梦令·过乌江…………………………………倪健民（100）
靖边感怀…………………………………………高洪波（101）
吊王勃祠…………………………………………王充闾（101）
登鹳雀楼咏永济…………………………………高立元（101）
山　行……………………………………………刘　章（102）
晚秋山中…………………………………………刘　章（102）
落叶敲门…………………………………………刘　章（102）
陈去病故居………………………………………赵京战（102）
武夷山晨起即兴…………………………………陈仁德（103）

11

题张家界天子山	刘庆霖	（103）
新农村	荆　雷	（103）
大刀歌	王震宇	（104）
晴冬小赋	胡成彪	（104）
搬　家	何　鹤	（104）
中秋引	周啸天	（105）
夜雪壬午	宗远崖	（105）
玉楼春·效清真体	曾仲珊	（105）
青海湖	詹骁勇	（106）
栖山偶吟	黄志军	（106）
题龙藏寺	黄志军	（106）
玉楼春·登黄鹤楼	宋彩霞	（107）
梅关赏青梅兼怀友人	王品科	（107）
神　州	易　行	（107）
西湖杂咏	钟振振	（108）
夏夜旅次海滨	李栋恒	（108）
重过白下	蔡厚示	（108）
神农架	滕伟明	（109）
鸡公山居即事	侯孝琼	（109）
怨妇词	吴鸣震	（109）
登岳阳楼	郑雪峰	（110）
海	秋　枫	（110）
贺兰山前怀古	邓　辉	（110）
春　行	严广云	（111）
夜行村舍	戴步新	（111）
秋　吟	王守仁	（111）

二〇一四年

登庐山含鄱口	熊盛元	（112）
转　蓬	叶嘉莹	（112）
客归乡居（三首其一）	程坚甫	（113）

先慈忌日作	陈永正	(113)
咏　手	王恒鼎	(113)
辛卯收灯日高空巡边	魏新河	(114)
夜雨后天气晴好	潘　泓	(114)
醉太平·秋实	祁国明	(114)
荷兰乡村咏风车	莫各伯	(115)
茂陵怀古	霍松林	(115)
壬辰清明节遥怀诗圣杜甫	周清印	(115)
邻　居	韩开景	(116)
南乡子·春游若耶溪	张慧频	(116)
孔　庙	马富林	(116)
浣溪沙·抒怀之六	张晓虹	(117)
山　行	木月清辉	(117)
一剪梅·故乡	刘泽高	(117)
谒抗日战争纪念馆	武立胜	(118)
倒淌河	刘庆霖	(118)
鹧鸪天·盘顶村写意	王玉民	(118)
金缕曲·癸巳秋过闻胜亭	向春雷	(119)
江城梅花引	刘旭东	(119)
满江红·瘦西湖	韩　韬	(119)
孤山放鹤亭感怀	施　灵	(120)

二〇一五年

望　海	饶宗颐	(120)
小　荷	李海彪	(121)
清平乐·空天明月	蔡世平	(121)
菩萨蛮·台中人家	蔡世平	(121)
临江仙·忆童年	曹　辉	(121)
别重庆秀山城	王海亮	(122)
鹧鸪天·七夕民工吟	陈佐松	(122)
回家补记	贾来发	(123)

暑假登青城山	戈英福	（123）
山水盆景	孙双平	（123）
秋　行	胡成彪	（124）
七星岩	朱雪里	（124）
沁园春·题通榆墨宝园	张文学	（124）
落　叶	杨聚民	（125）
踏莎行·雪夜行至白城金鱼湖畔	王述评	（125）
浣溪沙·邓丽君纪念馆	魏新建	（125）
秋日登山	释戒贤	（126）
到延安	吴宝军	（126）
开班及宝塔山重温入党誓词	吴宝军	（126）
访萧涤非先生未遇	刘世南	（127）
白洋淀追忆抗战往事	张会忠	（127）
谒抗战烈士陵园	王莹莹	（127）
【中吕·山坡羊】杭州印象	南广勋	（128）
游西安兴庆宫	胡迎建	（128）
谒三苏坟	姚泉名	（128）
游黄山	蔡心寰	（129）
登五老峰	赵清甫	（129）
故乡	刘如姬	（129）
雨后草原暮色	蒋本正	（130）
游神龙故里百草园感怀	李辉耀	（130）
春　水	胡玉鹏	（130）
南歌子·寄夫	张小红	（131）
磨石桥早春	马少侨	（131）
独　行	于万超	（131）

二〇一六年

开封纪游	钱志熙	（132）
荷塘小立	高　昌	（132）
入京时逢雾霾，间有余晴	周路平	（132）

晚　兴	涂国彬	(133)
庭院金银花	李　颖	(133)
童年记忆之放牛	楼立剑	(133)
根宫佛国	周清印	(134)
清平乐·乡愁	王崇庆	(134)
盐蒿吟	邵如瑞	(134)
南乡子·回乡	蒋淑玉	(135)
九月九	罗珊红	(135)
卜算子	陈　默	(135)
浣溪沙·山村行	张化寒	(136)
一叶落·思	陈海媚	(136)
固　关	王占民	(136)
夜宿南京	陈金锁	(137)
登鸡公山报晓峰	韩勇建	(137)
蝶恋花	王建强	(137)
减字木兰花·绮思	冯恩泽	(138)
三岔湖花岛	袁　林	(138)
忻州吊元好问	王翼奇	(138)
赋得"此生此夜不长好，明月明年何处看"	叶兆辉	(139)
剥洋葱	何其三	(139)
黄昏海滩	李伟亮	(139)
长相思·回乡路上	杜　岳	(140)
西站送客	殊　同	(140)
鹧鸪天·寄友	彭　莫	(140)

二〇一七年

过崖门古战场	熊东遨	(141)
丙申春登戏马台	星　汉	(141)
与徐州诸诗友同登云龙山	星　汉	(141)
父辈与《诗刊》故事	刘庆华	(142)
贺《诗刊》创刊六十周年	孙　亭	(142)

诗　缘	萧宜美	（142）
蝶恋花	李四维	（143）
梦　家	王彦龙	（143）
甲午七月旅中即事	程　悦	（144）
夏夜观星	吴雨辰	（144）
夜坐有思	唐颢宇	（144）
觉岸寺	曾入龙	（145）
青海湖	王悦笛	（145）
丙戌谷雨前，欲返加国，登门辞别林公从龙	黄　斌	（145）
雪霁偕诸友登武当山金顶有感	李辉耀	（146）
官厅诗友聚	王改正	（146）
题官厅水库北岸舟上与诗友合影	何云春	（146）
赞泊爱蓝岛创作基地	白双忠	（147）
童　趣	陈泰灸	（147）
攀登黄山天都峰	蔡友林	（147）
踏莎行·寻黄帝城故址	屈　杰	（148）
洞庭湖感怀	雪　野	（148）
新村访友	高怀柱	（148）
洞庭秋水歌	希国栋	（149）
山花子·江居	乔术峰	（149）
宛平城墙弹坑残垣处见野草口占	叶宝林	（149）
南昌八一纪念馆	赵宝海	（150）
武昌翠柳街酒肆送别	巴晓芳	（150）
宿梅红山	姚泉名	（150）
秋　夜	倪惠芳	（151）
中山陵	朱距风	（151）
咏　荷	朱永兴	（151）
金山寺	杨　磊	（152）

二〇一八年

减兰·初春	邵红霞	（152）

【中吕·山坡羊】秋山漫兴	施幸荣（152）
折枝吟	李晓娴（153）
浣溪沙·两地夫妻	张小红（153）
贺新郎·登北固楼有怀	王　勤（153）
有谢四大兄之赠并答	云四儿（154）
不　惑	无以为名（154）
望万里海疆图	方　伟（154）
早起迎秋	方　伟（155）
赴陇道中吊张骞	金　锐（155）
秋　萤	曾　拓（155）
登天雄关	何　革（156）
回乡过村口老槐树	张　栋（156）
早梅约友人饮	熊东遨（157）
漫步滨河	董美娟（157）
香港回归倒计时歌	滕伟明（157）
安丘道上	布凤华（158）
文竹花	丁　欣（158）
柳　絮	丁　欣（158）
和长河先生新得弟子数人感赋	郭庆华（159）
减字木兰花·陪夫人购衣	郭庆华（159）
临江仙·大江入海	了　凡（159）
定风波·偶感	了　凡（160）
访红安并答同学潘泓	黄小遐（160）
元旦回遂宁看父母有吟	彭光德（160）
临江仙·书	何其三（161）
春　阶	李　静（161）
程颢书院	焦浩渺（161）
登杭州湾跨海大桥观景塔	陈仁德（162）
老　兵	冉长春（162）
村晚闻蝉	蒋世鸿（162）

丁酉咏鸡贺岁 ··· 闫　震（163）
戊戌正月初八返京机上偶成 ································· 宫瑞龙（163）
示　儿 ·· 刘　斌（163）
凉州（今武威） ··· 李树喜（164）
江　西 ·· 李树喜（164）

下篇　新诗

一九五七年
在智利的海岬上——给巴勃罗·聂鲁达 ················· 艾　青（167）
西安赠徐迟 ··· 冯　至（173）
在毛主席那里做客 ·· 臧克家（174）
漓　江 ·· 蔡其矫（177）
去锡林浩特 ··· 吕　剑（179）
小　镇 ·· 徐　迟（180）
鞍山行 ·· 公　木（183）

一九五八年
正　月 ·· 林　庚（186）
寄白云鄂博 ··· 李　季（186）
三门峡——梳妆台 ·· 贺敬之（188）

一九六一年
芭蕾舞素描 ··· 陈敬容（191）

一九六二年
乡村大道 ··· 郭小川（192）

一九七七年
应该有一双铁人的眼睛 ······································ 曲有源（194）
采花椒 ·· 刘　章（194）

一九七八年
一九七八年的春天 ·· 李　瑛（195）
阳光，谁也不能垄断 ··· 白　桦（196）

一九七九年

现代化和我们自己——写给和我一样对"四化"无知的人们…… 张学梦（202）

祖国呵，我亲爱的祖国………………………………………… 舒　婷（210）

对一座大山的询问………………………………………… 边国政（211）

一九八〇年

回　响………………………………………………………… 冀　汸（215）

月亮，月亮，请你告诉我…………………………………… 曾　卓（218）

我感到了阳光………………………………………………… 王小妮（219）

织与播………………………………………………………… 杨　炼（220）

雪白的墙……………………………………………………… 梁小斌（223）

纪念碑………………………………………………………… 江　河（225）

一九八一年

每天，我骑车穿过城市……………………………………… 刘湛秋（227）

富春江上……………………………………………………… 辛　笛（228）

一个裕固族姑娘……………………………………………… 唐　祈（230）

理　想………………………………………………………… 流沙河（230）

摇篮边的歌——给丫丫……………………………………… 高洪波（233）

四月，冰凌花开了…………………………………………… 韩作荣（235）

一九八二年

"希望号"渐渐靠岸…………………………………………… 王家新（236）

给青岛造船厂………………………………………………… 李小雨（240）

渔镇黄昏……………………………………………………… 黄亚洲（241）

划呀，划呀，父亲们！——献给新时期的船夫…………… 昌　耀（242）

颐和园游泳…………………………………………………… 杜运燮（246）

一九八三年

殷　实………………………………………………………… 王燕生（247）

F小调诙谐曲………………………………………………… 柯　平（249）

千树红雾……………………………………………………… 唐　湜（251）

一九八四年

高原的太阳…………………………………………………… 叶延滨（252）

19

手……………………………………………………唐晓渡（254）

一九八五年

呼伦贝尔草原……………………………………宗　鄂（255）
市长——与珠海特区市长一夕谈…………………田　间（257）
告别吧，古老的瓦板屋…………………………吉狄马加（259）

一九八六年

家书——一份减色的实录………………………严　辰（261）

一九八七年

念黄河……………………………………………周所同（266）
谁也没见过月亮的那一半………………………邵燕祥（268）

一九八八年

幸福的一日　致秋天的花楸树…………………海　子（269）
云　岭……………………………………………骆一禾（269）

一九八九年

致深圳市花——簕杜鹃…………………………鲁　煤（270）

一九九〇年

松林之月…………………………………………聂　沛（272）

一九九一年

草　原……………………………………………李元胜（273）
大　海……………………………………………戈　麦（274）
献诗：给姐妹们…………………………………西　渡（275）

一九九二年

御林河……………………………………………沙　鸥（276）
高　原……………………………………………西　川（277）

一九九三年

海边的沙子………………………………………大　解（278）
秋…………………………………………………雷武铃（279）
心中的声音………………………………………郑　敏（280）
幸福的几种形式…………………………………耿占春（281）

目 录

一九九四年

回　家……………………………………………………郁　葱（282）

大金瓦寺的黄昏…………………………………………阿　信（284）

一九九五年

双城记……………………………………………………席慕蓉（285）

向　西……………………………………………………沈　苇（285）

河湾边的阿依古丽………………………………………柏　桦（287）

一万个月亮为我而落……………………………………阎　安（288）

一九九六年

高速公路…………………………………………………邱华栋（290）

一九九七年

窗　台……………………………………………………梁　平（291）

一九九八年

星　星……………………………………………………王　蒙（292）

流经我们身边的这条大河………………………………杜　涯（293）

第二次出征西藏…………………………………………孔繁森（294）

守护一位老人……………………………………………商　震（296）

一九九九年

下槐镇的一天……………………………………………李　南（297）

二〇〇〇年

柚子花开的地方…………………………………………彭燕郊（298）

油菜花开…………………………………………………代　薇（300）

二〇〇一年

忘记生日——写给自己和玉谱、桂间、思恒等同学少年……李肇星（301）

二〇〇二年

生命的海…………………………………………………张海迪（303）

二〇〇三年

跨世纪有感………………………………………………绿　原（303）

再过永安桥………………………………………………林　雪（304）

冬日的阳光——给寒乐…………………………………食　指（306）

21

二〇〇四年

太空畅想曲 ················· 张　庞（307）

江心洲 ······················ 路　也（310）

世纪风 ···················· 李少君（311）

登云蒙山 ··················· 查　干（312）

二〇〇五年

故　乡 ···················· 叶玉琳（313）

流水线 ···················· 郑小琼（314）

二〇〇六年

家 ························ 黄灿然（315）

想象的青藏铁路 ············· 张凤奇（317）

二〇〇七年

交谈进行时 ················· 冯　晏（319）

二〇〇八年

四　月 ···················· 蓝　野（320）

夏　夜 ···················· 胡　弦（321）

二〇〇九年

茅兰沟的风声 ··············· 谢建平（322）

居通州记 ··················· 谷　禾（323）

二〇一〇年

远眺祁连山 ················· 谢克强（324）

一个梦 ···················· 娜　夜（325）

两扇窑洞的门 ··············· 聂　权（325）

二〇一一年

1980：寻找到了黑色的笔记本 ·· 海　男（327）

高原上 ···················· 朵　渔（328）

二〇一二年

口　琴 ···················· 刘　年（328）

此刻生长的 ················· 杨庆祥（330）

在回蒙城兼致旧时同窗族老人 ·· 王单单（331）

二〇一三年

在新疆莎车，遇见一位骑着毛驴的维吾尔族老人…………龚学敏（332）

二〇一四年

雁荡山，或我们确实有过可能的山水协会…………臧　棣（333）

听　潮………………………………………………耿林莽（334）

二〇一五年

黄昏里的拖拉机……………………………………张二棍（335）

彩虹出现的时候……………………………………张执浩（336）

父　亲………………………………………………刘　汀（337）

二〇一六年

我认识她的时候……………………………………李　琦（338）

在永失中……………………………………………陈先发（339）

傍晚站在玛曲的草原上……………………………隋　伦（340）

中华银杏王…………………………………………丁　鹏（341）

信札，或横琴岛的四个夜晚………………………霍俊明（341）

二〇一七年

如果长江的源头始于善……………………………徐南鹏（343）

光　谷………………………………………………车延高（344）

幽州帖………………………………………………李　瑾（346）

陆家嘴………………………………………………缪克构（346）

朱日和：钢铁集结…………………………………刘笑伟（347）

电　子………………………………………………秦立彦（349）

二〇一八年

万县之夜……………………………………………王自亮（350）

起飞中国——祝贺国产C919大型客机首飞成功…………宁　明（351）

物联网小镇…………………………………………王学芯（354）

海南书………………………………………………李满强（355）

中国制造的高纯晶硅………………………………龙小龙（358）

麓山红叶……………………………………………梁尔源（358）

遂昌之夜……………………………………………汪剑钊（359）

小道与大道……………………………………………… 江　凡（361）

二〇一九年

崙山灵雾………………………………………………… 谢宜兴（364）
地图上的故乡…………………………………………… 王太贵（365）
该怎么书写我的祖国…………………………………… 苏雨景（369）
蛟龙号之畅游海底……………………………………… 聂　茂（370）
每一块煤，都含有灯火通明的祖国…………………… 邵　悦（372）
北斗导航——写在北斗三号正式向全球提供基本导航服务之日… 苗红军（373）
第一书记………………………………………………… 田　湘（375）

后　记…………………………………………………… 江　岚（377）

上篇　诗词

一九五七年

沁园春·长沙

毛泽东

独立寒秋，湘江北去，橘子洲头。看万山红遍，层林尽染；漫江碧透，百舸争流。鹰击长空，鱼翔浅底，万类霜天竞自由。怅寥廓，问苍茫大地，谁主沉浮？

携来百侣曾游，忆往昔峥嵘岁月稠。恰同学少年，风华正茂；书生意气，挥斥方遒。指点江山，激扬文字，粪土当年万户侯。曾记否，到中流击水，浪遏飞舟？

沁园春·雪

毛泽东

北国风光，千里冰封，万里雪飘。望长城内外，惟余莽莽；大河上下，顿失滔滔。山舞银蛇，原驰蜡象，欲与天公试比高。须晴日，看红装素裹，分外妖娆。

江山如此多娇，引无数英雄竞折腰。惜秦皇汉武，略输文采；唐宗宋祖，稍逊风骚。一代天骄，成吉思汗，只识弯弓射大雕。俱往矣，数风流人物，还看今朝。

水调歌头·游泳

毛泽东

才饮长沙水，又食武昌鱼，万里长江横渡，极目楚天舒。不管风吹浪打，胜似闲庭信步,今日得宽余。子在川上曰:逝者如斯夫!
　　风樯动,龟蛇静,起宏图。一桥飞架南北,天堑变通途。更立西江石壁,截断巫山云雨,高峡出平湖。神女应无恙,当惊世界殊。

浪淘沙·北戴河
毛泽东

大雨落幽燕,白浪滔天,秦皇岛外打鱼船。一片汪洋都不见,知向谁边?
往事越千年,魏武挥鞭,东临碣石有遗篇。萧瑟秋风今又是,换了人间。

清平乐·六盘山
毛泽东

天高云淡,望断南飞雁。不到长城非好汉,屈指行程二万。
六盘山上高峰,红旗漫卷西风。今日长缨在手,何时缚住苍龙?

菩萨蛮·黄鹤楼
毛泽东

茫茫九派流中国,沉沉一线穿南北。烟雨莽苍苍,龟蛇锁大江。
黄鹤知何去?剩有游人处。把酒酹滔滔,心潮逐浪高。

清平乐·会昌

毛泽东

东方欲晓,莫道君行早。踏遍青山人未老,风景这边独好。
会昌城外高峰,颠连直接东溟。战士指看南粤,更加郁郁葱葱。

忆秦娥·娄山关

毛泽东

西风烈,长空雁叫霜晨月。霜晨月,马蹄声碎,喇叭声咽。
雄关漫道真如铁,而今迈步从头越。从头越,苍山如海,残阳如血。

(选自1957年1月创刊号)

一九一七年秋西湖纪游

林伯渠

俊游如许才三日,山色湖光取次收。
到眼烟云纷万态,谁家台榭足千秋?
艰难自笑宁非计,历碌看人共一邱。
犹有情怀消未得,聚丰园里酒盈瓯。

(选自1957年9月号)

国庆节

金克木

处处江山似画图,纷纷点碧又涂朱。
百年大计基先奠,万里长征道不孤。
深入九幽穷地府,高攀千仞薄天都。
开颜一笑缘何事?指日河清出洛书。

(选自1957年9月号)

延安留别

谢觉哉

重到延安景倍鲜,旧时栽树已参天。
诸君莫问人何似?后约还须订十年。

(选自1957年11月号)

一九五八年

画藤花

齐白石

儿时牛背笛,归去弄斜阳。
三里濠边路,藤花喷异香。

(选自1958年1月号)

幼蘅行未久，相无又去江户，作此送之（遗诗）

李大钊

逢君已恨晚，此别又如何？
大陆龙蛇起，江南风雨多。
斯民正憔悴，吾辈尚蹉跎。
故国一回首，谁堪返太和？

（选自 1958 年 6 月号）

悼郑振铎副部长

茅 盾

回国后，于十月二十八日得《诗刊》社来信，索稿悼郑。并限为旧体。三十一日追悼会后，续得八句，并前章均以应命；非以为诗焉，盖以为咽也。

紫光一别隔重泉，沪渎论交四十年。
风雨鸡鸣求舜日，玄黄龙战出尧天！
红先专后曾共励，绠短汲深愧仔肩。
酹酒慰君唯一语，钢花灿烂正无边！

注：九月廿五日，陈副总理兼外长在紫光阁设宴为缅甸大使吴拉茂饯行，振铎与余皆陪末座。十月三日余即出国，自九月廿五至十月二日，事时忙，终无由再晤。此章首句云云，盖纪实也。

（选自 1958 年 11 月号）

南社会于虎丘之张东阳祠，诗以纪之

柳亚子

寂寞湖山歌舞尽，无端豪俊又重来。
无边鸿雁联群至，篱角芙蓉晚艳开。
莫笑过江典午鲫，岂无横槊建安才！
登高能赋寻常事，要挽银河注酒杯。

（选自 1958 年 8 月号）

一九六一年

游鸣凤岭

郭沫若

鸣凤岭在昆明市东北郊。经历"天门"三道，登至山顶。上有"金殿"，铜铸，相传为吴三桂所建。有茶花一株，年代久远，种名"蝶翅"。

天门开胜境，不觉道途赊。
金殿千秋业，银梅几树花。
茶香清椅席，松籁净尘沙。
蝶翅迎风舞，山头日影斜。

（选自 1961 年第 1 期）

崖门凭吊

陶　铸

太息崖门葬烈魂，遗碑不见吊何言？
狂风似为添幽怨，骤雨无须涤旧痕。
纵使三臣能复国，也难五族共图存。
于兹四海同亲日，海水何分上下门。

看七星岩洞

朱　德

七星降人间，仙姿不可攀。
久居高要地，仍是发冲冠。
开心才见胆，破腹任人钻。
腹中天地阔，常有渡人船。

（选自1961年第4期）

奋步登云岭山往访新四军军部故址，满山杜鹃如血

刘白羽

且从云岭对长空，青弋无言笑晚风。
多少茂林悲愤事，红透江南图画中。

（选自1961年第4期）

临江仙

俞平伯

1961年5月20日,南海康同璧君寓京师东直门内,以太平花盛开,邀宾观赏。赋木兰花慢一阕,示同游者索和,即赓其韵。

绕屋繁英霏雪,清香淑景时和。人宜击壤太平歌,雏娃抒彩袖,白发起婆娑。

惊座春风词笔,凌云气象嵯峨。好花应许客来过,莺桃红豆胜,秉烛夜游多。

(选自1961年第4期)

一九六二年

冬夜杂咏(选二)

陈 毅

1960年冬夜大雪,长夜不寐。起坐写小诗若干段,寄兴无端,几于零乱。迄今事满一年,不复诠次。送登诗刊,以博读者一粲。

青 松

大雪压青松,青松挺且直。
要知松高洁,待到雪化时。

含羞草

有草名含羞，人岂能无耻。
鲁连不帝秦，田横刎颈死。

（选自 1962 年第 1 期）

一九六三年

过开平

田 汉

一桥如带托浮槎，两岸楼台斗丽华。
今日家乡随处是，最难潭水绕长沙。

注：开平原名长沙。商店市招仍写长沙××社之类，很动我乡思。与对岸新昌、荻海只隔一潭江，用浮桥联系着，又称"小武汉三镇"。

（选自 1963 年第 1 期）

赠李可染

老 舍

牧童牛背柳风斜，短笛吹红几树花。
白石山翁好弟子，善从诗境画农家。

赠曹禺

老 舍

推窗默对秦皇岛,碧海青天白浪花。
潮去潮来人不老,昂头阔步作诗家。

（选自 1963 年 11 月号）

一九七六年

水调歌头·重上井冈山

毛泽东

　　久有凌云志,重上井冈山,千里来寻故地,旧貌变新颜。到处莺歌燕舞,更有潺潺流水,高路入云端。过了黄洋界,险处不须看。
　　风雷动,旌旗奋,是人寰。三十八年过去,弹指一挥间。可上九天揽月,可下五洋捉鳖,谈笑凯歌还。世上无难事,只要肯登攀。

念奴娇·鸟儿问答

毛泽东

　　鲲鹏展翅,九万里,翻动扶摇羊角。背负青天朝下看,都是人间城郭。炮火连天,弹痕遍地,吓倒蓬间雀。怎么得了,哎呀我要飞跃。
　　借问君去何方?雀儿答道:有仙山琼阁。不见前年秋月朗,订了三家条约。还有吃的,土豆烧熟了,再加牛肉。不须放屁,试看天地翻覆。

（选自 1976 年 1 月号）

毛主席挽诗

赵朴初

忽播哀音震八方，人间方望晚晴长。
悲逾失父嗟无怙，杞不忧天赖有纲。
永耀寰瀛垂训诲，群遵正道是沧桑。
乱云挥手从容渡，万古昆仑耸郁苍。

（选自 1976 年 9 月号增刊）

一九七七年

悼念周恩来总理

胡厥文

庸才我不死，俊杰尔先亡。
恨不以身代，凄然为国伤。
万民齐恸哭，千载永难忘。
百战锋芒在，何乃折栋梁？

（选自 1977 年 1 月号）

八十书怀

叶剑英

八十毋劳论废兴，长征接力有来人。
导师创业垂千古，侪辈跟随愧望尘。

亿万愚公齐破立，五洲权霸共沉沦。
老夫喜作黄昏颂，满目青山夕照明。

（选自 1977 年 8 月号）

一九七八年

书怀（步原韵，和友人）

姚雪垠

前路纵横山影峨，笑将秃笔舞婆娑。
雄关屡过愁心少，苦战时经快意多。
偶减精神尝薄酒，忽来创见被高歌。
长江万里游鳞小，奋力飞腾逐大波。

（选自 1978 年 1 月号）

春日偶成

周恩来

一

极目青郊外，烟霾布正浓。
中原方逐鹿，博浪踵相踪。

二

樱花红陌上，柳叶绿池边。
燕子声声里，相思又一年。

无 题
周恩来

大江歌罢掉头东,邃密群科济世穷。
面壁十年图破壁,难酬蹈海亦英雄。

(选自 1978 年 3 月号)

天安门革命诗抄

欲悲闻鬼叫,我哭豺狼笑。
洒泪祭雄杰,扬眉剑出鞘。

(选自 1978 年 11 月号)

一九七九年

晨 跑
萧 军

霜天晓月暗长林,三五疏星衬远村。
为爱凌晨空气好,何妨跑步试强身。

(选自 1979 年 7 月号)

蛾 眉

何其芳

一九七六年九月五日梦中得句云:"蛾眉皓齿楚宫腰",醒后足成一绝。

蛾眉皓齿楚宫腰,花易飘零叶易凋。
更有华年如逝水,春光未老已潜消。

（选自 1979 年 7 月号）

东征口号（二首选一）

刘大年

冰满戎衣雪满头,军行千里出奇谋。
前锋踊跃趋延水,大队从容发鄜州。
祖逖中流奋击楫,孟明东渡誓焚舟。
永和道上丹青手,正画虾王泣楚囚。

（选自 1979 年 7 月号）

一九八〇年

二月二十一晚即事

王统照

平生无地溉灵根,琼瑟音沉香未温。
谁家清歌怨玉笛?满庭冷月破黄昏。

鹏搏雏吓成何事？凤泊鸾飘不须论。
如此江山如此夜，教人争得不销魂。

（选自1980年6月号）

一九八二年

诗四首（选一）

唐 弢

香港中文大学主办中国现代文学研讨会，八一年十二月二十一日至二十三日在该校祖尧堂举行。海内外学人，欢聚一堂，畅谈艺事，交流学术。余躬与盛会，旧雨新知，把臂快谈。诸君唱和酬对直欲远追元白，因率成四章，非敢言诗，聊以记盛云尔。

有 赠

涉世情怀自率真，卢前王后几青春。
文章得失等闲事，且折梅花贻远人。

（选自1982年3月号）

一九八三年

重到西湖
钟敬文

劫灰除尽见清时，旧地重来耐所期。
映眼湖波如昨梦，凌空堤树显新姿。

（选自 1983 年 4 月号）

念高旅
聂绀弩

天外飞来杜牧之，手提天下古今诗。
空中涉笔多成史，港上浮家缺姓施。
易水朝霞惊夏梦，燕山夜雨怅秋词。
一张贫嘴聒复聒，千里故人知未知？

（选自 1983 年 4 月号）

一九八四年

鹧鸪天·飞燕

谢 堂

海角天涯掠影来,似曾相识故低徊。喜迎社日东风趁,剪破春寒细雨回。寻故垒,问庭槐,风流阅尽几池台。梁尘自绕刘郎曲,入户穿帘总费猜。

（选自1984年1月号）

夔 门

胡 绳

纵横风雨下夔东,万壑千峰看不穷。
始信放翁诗意好,艰难最是出英雄。

（选自1984年3月号）

凭吊兴化施耐庵遗迹

叶元章

一篇赚得泪千丝,想见先生拂袖时。
骨傲难为曳裙客,项强敢诵谢官诗。
出山泉水终须腐,落网鱼儿徒自悲。
试看儒林千载下,几人名享野贤祠?

（选自1984年4月号）

赠吉田健三先生

赵朴初

吉田健三先生遣使问疾并以君子兰见惠，赋此答谢。

翠箭鸾翎展，丹霞鹤顶明。
感公无限意，赠我一盆春。
光满维摩室，心开薄地身。
交期君子德，朝夕念嘉名。

注：薄地，佛家语，意为凡夫。

（选自1984年7月号）

登泰山

詹焜耀

卅年无冕帝王尊，封禅迢迢入岱门。
竟有儒生敢吟诵，已无城旦诉烦冤。
铜仙未必人长寿，金屋空教泪有痕。
秦汉摩崖何足道，中兴淑气映朝暾。

（选自1984年8月号）

昭烈墓

李汝伦

谁向隆中识雅吟？游人只记柏森森。
惠陵绝世昆冈玉，一颗千秋三顾心。

武侯祠

李汝伦

劳心空筑读书台，公辅终无后继才。
独为武侯悲失策，未招皮匠百千来。

（选自 1984 年 9 月号）

一九八五年

吕剑索诗

聂绀弩

落日燕山弟子之，河山信美奈人痴。
千年苦戍千山雪，万古梅花万首诗。
月满中庭春睡早，星辉北斗酒醒迟。
思凭电话询君梦，才拨三江忘四支。

（选自 1985 年 11 月号）

百字令·重建黄鹤楼落成

林 平

悠悠黄鹤,喜归来、长唳汉皋江浒。蔽日红尘芳树晚,不见当年仙侣。铁马金戈,春风野草,猎猎旌旗舞。重檐高拥,倚栏情满三楚。

曾记鹦鹉洲荒,瞿塘峡冷,更有猿啼苦。今日葛洲巨坝起,锁住巴山烟雨;化作溶溶、一江春水,宛转东流去。蓦然回首,白云卷南浦。

（选自1985年11月号）

与莲英淑贞过黄花岗七十二烈士墓

黄松鹤

浩气长存耸石门,当年血铸此山尊。
中原鹿死谁家手?南海鹃啼古帝魂。
白骨黄花都不见,春风秋月自无言。
我来劫后犹兵火,兴废何人负国恩?

（选自1985年11月号）

一九八六年

望昭陵

林从龙

几回面折与廷争,不损君臣知遇情。
人去千年三镜在,魏徵坟上望昭陵。

（选自 1986 年 3 月号）

一九八七年

浪淘沙

阚家蓂

丛菊正舒英,秋满山城,长空寥阔霁烟清。一片丹枫红似火,燎到心灵。
极目赏心晴,望断江亭,可堪亭畔旧时情。纵使旧情仍未了,也应无凭。

（选自 1987 年 1 月号）

谒昆明闻一多先生塑像

刘 征

刚风抖擞尚掀襟,壮语激昂似可闻。
拍案雷霆惊大夜,横眉肝胆薄高云。

深情更欲吟红烛,静夜应来步锦茵。
莫道先生归未得,诗声轻扣万家门。

(选自 1987 年 2 月号)

"黄金海岸"游泳

程光锐

欣闻渤海有仙洲,百里飞车结伴游。
浪卷长风多浩荡,人当大块亦风流。
黄金海岸抒怀抱,白雪花丛觅自由。
岸上年年空议论,蛟龙入水任沉浮。

注:一九八六年六月末,小住北戴河中国作协"创作之家"新浴场游泳。是处海阔波清,沙平岸远,堪称游泳佳境。

(选自 1987 年 2 月号)

文 章

臧克家

文章经世日东升,时运人心照耀中。
手下一支三寸笔,细掂分量觉不轻。

鼓 声
臧克家

万人合奏大乐章，细管丝弦入耳长。
自我壮怀偏激烈，爱听大鼓响堂堂。

（选自 1987 年 2 月号）

祝贺内子入党
吴淮生

沙场未识女中英，携手风波路几程？
散尽硝烟卅年后，丹心白发两分明。

（选自 1987 年 3 月号）

登八达岭
李曙初

居庸叠翠引群英，乘兴攀登步履轻。
视野宏开观大宇，雄姿英发上长城。
直通南北双关险，横贯东西万里行。
十亿同心成铁壁，不须屏障护燕京。

（选自 1987 年 3 月号）

论诗五首（选一）
华钟彦

目击情真句自神，秦吟千载语犹新。
哦诗每服香山叟，不为风花却为民。

（选自1987年4月号）

山　泉
林从龙

破石穿崖路万千，冰霜过后又涓涓。
泉流也似人生道，历尽崎岖别有天。

（选自1987年4月号）

辽宁千山
郭笃士

沈辽远在榆关外，烽火当年百战酣。
乍喜河山还我后，千山烟雨似江南。

（选自1987年4月号）

金缕曲·谈理想与追求

黄 钟

百难锤英秀。记当年,霜飞六月,覆盆何咎?宿露餐风凄苦境,唾面吞声忍受。更囹圄,锒铛相扣。家破亲亡形影吊,纵一生九死坚操守。霜雪虐,涧松抖。

怎堪国是遭阳九。痛疮痍,天高难问,赤心常疢。骨立形销犹砥志,岂为私情僝僽。棠芾下调,拳拳不负。往事无嗟长策励,自扬鬃汗血昂昂走。共征迈,瞻马首。

注:棠芾,传说周召公巡行南国,在棠树下听讼断案,后人思之,不忍伐其树(见《诗·召南·甘棠》),后因以喻惠政。

(选自1987年4月号)

沁园春·题《夏完淳集》

白 坚

卓哉完淳,南国诗人,江左少年。慨金陵气黯,扬州风烈,天崩地解,水剩山残。阵上雄姿,湖中义帜,誓扫匈奴复汉官。谁堪拟?有坚贞苍水,正气文山。

《大哀》举国争传,更《野哭》《长歌》星斗寒。是斑斑血泪,声声鼓角;兴亡恨满,儿女情蠲。慷慨辞亲,从容骂贼,万古艰难生死间!千秋下,看巨奸失色,群丑无颜。

(选自1987年4月号)

一九八八年

奉和臧克家先生
施议对

小巷春风步武轻，诗翁言笑接嵩衡。
三年难得惊人句，尺幅如闻掷地声。

（选自 1988 年 9 月号）

咏月季
闻　山

篱边路畔映朝霞，粉艳红香月月花。
不向洛阳争富贵，天南海北乐为家。

（选自 1988 年 9 月号）

一九八九年

满江红·友至
李汝伦

塔影斜窗，君忽至，捣吾吟穴。相对坐，牢骚互换，漫天胡越。最不迎时仁义礼，真难售货风花雪。突邻家大闹迪斯科，敲铜铁。

心正乱，腰休折。是书蠹，非邦杰。怅万言千首，栩然蝴蝶，白首常逢红眼病，青衿敢傲朱门月。待偷闲小馆请三杯，金条缺。

（选自1989年2月号）

归欤感赋

林 锴

百年出处太匆匆，败我炊粱一枕功。
补石未安天有漏，导流不力涨浮空。
佛魔以外成何世？木雁之间寄此翁。
倘得炎凉真许共，披襟来接大王风。

（选自1989年3月号）

鹊桥仙·致竹下先生

莫 舍

奇谈怪论，惊心动魄，竹下先生足下，御前事过几多年，竟忘却、杀人盈野。

百年历史，斑斑昭著，抹也如何抹也？人民永好莫相猜，但记取、东条绞架。

（选自1989年7月号）

巡线工

来根友

无边银线接天街,终岁逶巡百数回。
漠漠千树身后去,彤彤一旦眼前来。
向人黄鸟穿林啭,迎客红花逐路开。
归踏溶溶星月色,犹持日录伴灯台。

(选自 1989 年 11 月号)

建国四十周年礼赞

李曙初

二十八年血满衣,中华升起五星旗。
工农解放安家业,枷锁敲开坐帝畿。
一国兴闻雏凤唱,五洋惊见巨龙飞。
人民民主真民主,谁听西方说是非。

(选自 1989 年 12 月号)

一九九〇年

南戴河之晨

程光锐

一九八六年夏曾游南戴河,当时海岸仍荒滩一片。三年后重来,景色一新:群楼崛起,长街展平,泳者如织,满岸欢哗。浴场入口处竖立一黑马雕像，展翅欲腾，盖象当地人民事业之起飞也。

星沉海醒雪莲开，独对苍茫诗满怀。
旧梦依稀寻指爪，荒滩倏忽见瑶台。
千秋黑马腾空起，十万青龙踏浪来。
水秀山灵人奋越，戴河南北尽琼瑰。

（选自1990年1月号）

泰山五大夫松

宋谋旸

霸业秦皇事已空，雕栏犹护大夫松。
长林处士知多少？尽在苍烟夕照中。

（选自1990年2月号）

湖乡行

赵石麟

纵横阡陌艳阳斜，绿树鳞波映彩霞。
渠网方田金谷热，丰收一曲到天涯。

（选自1990年2月号）

述 怀
刘人寿

乾转坤旋四十秋，一时人杰主沉浮。
经纶大展河山改，甘苦同尝岁月稠。
浩劫横来成往事，大江东去有回流。
当年喜听雄鸡唱，许国书生恨白头。

（选自 1990 年 4 月号）

山 居
鲁 兵

忆昔少年时，曾入山中宿。乱树遮掩处，几间茅草屋。推窗不见天，青葱映满目。清泉水自来，杂木柴自足。晨起敲镰石，煮得黄米熟。竹枝尚未干，灶中声劈剥。初尝鸡窝蕈，其味胜于肉。又有苦叶菜，清口可佐粥。贫寒未必苦，心净甘孤独。久居繁华地，忽然思返朴。

（选自 1990 年 5 月号）

沁园春·深圳特区成立十周年
黄施民

十载启天，驽马先奔，岂不快哉！看南陲胜概，破空并出；九州生气，排闼而来。古塞荒凉，霎时新异，堪为苍生共举杯。扬鞭去，有风生两腋，宁肯徘徊。

玲珑高厦崇台，更天外奇花着意栽。爱罗湖多丽，国门壮伟；桐山尽翠，圳水滢洄。惯吸东江，欲吞西海，一代新人亦俊才。长歌起，指大鹏飞处，万里云开。

（选自 1990 年 6 月号）

读《郁达夫诗词集》感而有作
丘良任

炎方万里战尘昏，许国肝肠气欲吞。
正是金瓯全盛日，如何犹有未招魂？

（选自 1990 年 7 月号）

一九九一年

早发重庆
丁永淮

早发山城夜色阑，朝天门外水如烟。
一声汽笛浪涛静，灯火满江跳入船。

（选自 1991 年 2 月号）

游禹峡

蔡厚示

望峡疑无路，穿山别有天。
白云争出岫，绿水逆行船。
风外抛尘想，毫端结雅缘。
飞霞招我宿，竟夕此流连。

（选自1991年10月号）

桂林阳朔群山赞

王自成

万岭千峰竞拔高，剑锋纷刺九重霄。
同心夺取山川甲，不作沉埋海底礁。

（选自1991年12月号）

一九九二年

焦裕禄礼赞

刘华媛

七品官耳焦裕禄，吏之师表民之仆。兰考长留去后思，政绩般般数难足。焦君为政何孜孜，风雨脱肌苦不辞。披肝沥血为民谋，胸头毫无一念私。无私自能无我在，昭苏民困除三害。三害风沙盐碱涝，噬民其毒如蜂虿！敢蹈虎尾敢探汤，敢与三害较短长。再造河山宣大誓：不让民食赖彼苍。如此精神大无畏，积劳何恤身心瘁。驱穷扫白绘新图，岂容九仞亏一篑。禹功未竣君心忧，死犹不惜更何求？耿耿临终留片语：死当葬我在沙丘。呜呼君言何其壮，顽懦闻之神亦旺。寄语当今禄蠹们，也应洗心学君样。

（选自1992年1月号）

减字木兰花·日本浜松海边望远

林　岫

晴岚风暖，竹径樱花开一半。可惜诗心，卜夜闲愁无处吟。苹洲草树，浑似钱塘烟柳路。博浪抟沙，笑指西南是我家。

（选自1992年5月号）

吊虎门

姚雪垠

胸中历历满风云，跨海缘山吊虎门。
废炮旁边谈旧史，两眶热泪洒英魂。

（选自1992年6月号）

临江仙·三八感赋
侯孝琼

忆昔纲常羁锁,相随鸡犬堪悲,聪明才志亦奚为?无才称有德,沦没在深闺。

今日平分天半,云衢一任高飞,蛾眉有志勒丰碑。江山凭点缀,浑不让须眉。

（选自1992年7月号）

京华客
林 锴

蛮触喧争缺报闻,一门苔色自成春。
书妨病目尘封久,酒烈伤肝医戒频。
弦管惜惜歌嗓嫩,莺花队队舞姿新。
世间音响浑如幻,唯有前街米价真。

（选自1992年10月号）

长相思·忆
方淑慎

剪一更,缝一更,旧絮新棉细展平,怜儿向北征。
送一程,停一程,执手摩头叮嘱声,至今耳畔萦。

（选自1992年11月号）

咏 史

杨启宇

铁马金戈百战余，苍凉晚节月同孤。
冢上已深三宿草，人间始重万言书。

（选自 1992 年 12 月号）

一九九三年

山 鸟

吕 剑

山鸟不畏人，翩翩来窗前。
枝头弄好音，间关不稍闲。
我欲相与和，援琴抚五弦。
长天目送去，秋山自怡然。

（选自 1993 年 7 月号）

【中吕·醉高歌带喜春来】报国情怀老更浓

丁 芒

笔尖儿奔驰如风，诗兴儿赶来起哄，真情滚滚似潮涌，词彩儿听凭调动。
一腔赤血淋漓送，人生至此不算穷。

撩一绺昆仑云，掬一杯长江水，涂一抹夕阳红。且莫言闲受用，报国情怀曾未忘，老更浓。

（选自 1993 年 9 月号）

读 史
王达津

读史由来憾不休，千年还为古人忧。
废书厌剑休怜项，烹狗藏弓早误刘。
棋局未安轻弃子，雄图方启易遗筹。
千秋史鉴仍堪借，筑室安能于道谋。

（选自 1993 年 10 月号）

牵牛花
凌世祥

牵牛簇簇傍墙栽，七夕相期半已开。
未会天孙先访我，盈盈含笑入窗来。

（选自 1993 年 12 月号）

一九九四年

中秋寄内

张　锲

又见中秋月，湖边独苦思。
心随孤雁远，魂逐乱云驰。
身似无根草，情如不尽丝。
遥知千里外，夜色正凄迷。

（选自 1994 年 4 月号）

郊　望

陈贻焮

闲居不适意，出眺秋憔悴。
夕景丽远山，凸凹分明晦。
霞彩接暮霭，野烧抽长穗。
平林数树枫，酡颜如我醉。
秋池照瘦影，鱼窜琉璃碎。
内热发长啸，落叶风前坠。

（选自 1994 年 5 月号）

水 仙

张智深

一盘秋水小窗西，蟾影芳魂渐欲迷。
身有瑶台仙子孕，灵根不染世间泥。

（选自 1994 年 8 月号）

刘邦拜将台戏赋六绝句（选三）

袁第锐

一

莫信刘邦唱大风，自摧梁栋自为雄。
留侯已死齐王去，空见萧何得善终。

二

兔死狐烹走狗哀，西风残照草侵阶。
早知刘季无情甚，应悔轻趋拜将台。

三

百战兴刘到底空，千秋肠断未央宫。
成名竖子知多少？空自临刑忆蒯通。

（选自 1994 年 9 月号）

重到西湖

曾景初

重到西湖一泫然，湖光未老老朱颜。
堤边故柳怜人在，犹把长条抚我肩。

（选自 1994 年 11 月号）

一九九五年

登采石矶翠螺峰瞻太白塑像浩然作歌

刘梦芙

昆仑万里长江来，巨龙奔啸涛如雷。泻落天门阻牛渚，横空绝壁何崔嵬！翠螺山色东南美，绰约烟鬟映江水，人道峰头葬谪仙，白云高卧呼不起。我来江上乘扁舟，放怀偶作名山游，百丈危崖独登眺，水天一色空吟眸。峨眉亭畔长松碧，巍然巨像凌霄立，广袖迎风势若飞，举杯欲向青天掷。轩昂气概浑如生，慕公千载垂仪型，啸傲乾坤泣神鬼，酒酣喝月月倒行。悠悠往事思天宝，长安初奉君王诏，彩笔挥成白雪章，沉香亭北清歌袅。公侯眼底皆无人，珠玑咳唾怀经纶，何期狐鼠在君侧，如天大道多荆榛！鲲鹏未展摩云翮，还山却道承恩泽，散尽黄金剑影孤，秋风仍作飘蓬客。锦袍江上垂渔竿，歌哭人间行路难，骑鲸一去不复返，明月沧波生暮寒。星河缥缈瑶池远，光芒万丈留诗卷，高名只许少陵齐，大音寥落徒悲叹。拜公遗像哦公诗，灵祠长峙江之湄，异代萧条一洒泪，公今逝矣来者谁？神州桑海惊千变，舆图换稿开新面，劫火曾哀宝玉焚，融冰倍惜春光暖。吟旌重树气同求，艰难重任承前修：扫除芜秽挽衰绝，试看光焰腾吴钩。君不见迩来禹域欧风靡，金钱一拜灵魂死，纳贿何多贪墨徒，蔽日还多高力士。又不见商潮卷地文场处，群儒下海争相逐，妖娆歌女满荧屏，郑声销尽英雄骨。风骚断代真奇辱，青年竞作"追星族"，奕叶精华弃若遗，诗魂应在苍天哭！浩浩长江东复东，翠螺峰上斜阳红，江山有情生我辈，挥戈返日呼群雄。风雷待辟新世纪，腾飞华夏云中龙，文明伟业迈唐宋，诗坛首应标奇功。仙灵来归跨黄鹤，掀髯一笑吟天风，掀髯一笑兮吟天风！

（选自 1995 年 3 月号）

浣溪沙

马斗全

又见春深似那年，楼前细柳正飞绵，和风丽日倍堪怜。
白发欺人难再少，柔情似水欲何言？闲来爱立小窗前。

（选自 1995 年 6 月号）

雨中登红日阁

史 鹏

冒雨登高阁，临风豁醉眸。
波摇青嶂影，山托白云浮。
目未穷千里，心偏系九州。
倚栏生百感，江水共悠悠。

（选自 1995 年 10 月号）

江城子·访友

赵剑华

十年不作北山游，听乡讴，问溪流，白云红叶，掩映几家楼。知己相逢倾肺腑，邀菊醉，酒盈瓯。

难忘风雨赋同舟，情悠悠，梦悠悠，夕阳相对，感慨鬓先秋。此别桃源何日再？人去远，又回头。

（选自 1995 年 11 月号）

一九九六年

一九八七年八月由日本北海道飞琉球

赵朴初

晨飞北海今南海，飞到冲绳日未西。
三十二年凝梦想，烟霞丹嶂有心期。

（选自 1996 年 1 月号）

定风波·吟宁夏

张 璋

九曲黄河一大湾，横空驰骋贺兰山。塞上江南天地阔，阡陌，苍天独赐米粮川。

昔日烽烟边塞乱，肠断，江山易代换新天。回汉心连情意重，堪颂，再吟边塞唱新篇。

（选自1996年2月号）

瘦西湖歌

勒中煜

淮南三月春未暮，联袂来踏扬州路。十里东风应依然，楼台不见卷帘处。更去买春到湖边，湖上芳草远连天。游情时牵依依柳，莺声啼绿长堤烟。烟堤无数冶游客，竞看丽人斗春色。朱颜艳夺夭桃红，笑语娇流花底陌。陌上花开又花飞，明年依旧丽春辉。落拓樊川渐欲老，叹息年华不重归。何必感慨不能已，仰望晴云碧空里。片片飘落春波中，摇漾白练收不起。波面细处五亭束，犹如楚腰纤一握。眼底醉卧瘦西子，盈盈风韵看不足。袅袅柔条舞婆娑，我欲唤卿为我歌。一曲水调声未了，西天落日可奈何！日落暮云幻成霞，遥望海上吐月华。月华朗照满湖水，流光粲映千树花。此时风软寒尽消，轻摇桂棹夜听箫。箫声远渡花影来，人倚栏杆第几桥？为识倚栏玉人面，二十四桥皆踏遍。怅望桥畔久徘徊，吟浓玉露犹未见。且上征轮骊歌行，半日匆匆又归程。满城灯火已渐远，一场春梦未分明。

（选自1996年3月号）

无 题
刘 章

一诗挥就半城春，不得微官有子孙。
田野操劳知稼穑，旅程坎坷识风云。
推窗举目观星月，开卷低眉阅古今。
漫道刘郎无外遇，春梅秋菊俩情人。

（选自 1996 年 4 月号）

曹雪芹
王 澍

直面侯门血与污，十年贫病著奇书。
太虚幻境人间世，泪洒周天哭绛珠。

（选自 1996 年 5 月号）

迎 燕
熊东遨

絮飞春社近，门户敢轻关？
驱雀因防扰，燃炉欲却寒。
无才随羽翼，有梦共云山。
或恐归程远，凭轩到夜阑。

（选自 1996 年 6 月号）

遣 怀
胡 绳

生死比邻隔一墙，人间重到亦寻常。
自知于世无多补，赢得余年看小康。

（选自 1996 年 7 月号）

除夕抒怀
李鸿楷

绿侵陌野柳枝新，荣落人间又一春。
纵使天街能漫步，奈因寒暑太逡巡。
蓝田日暖迷人眼，沧海月明笼我身。
邀与东风同饯岁，明朝相伴到龙津。

（选自 1996 年 10 月号）

登斗岩山
陈秀新

百丈撑天立，岩峣自削成。
近招双雁落，远揽九峰平。
听瀑怀同好，看山眼互青。
危崖犹可上，烟霭向人生。

（选自 1996 年 11 月号）

一九九七年

哭孔繁森长歌

王亚平

呜呼！君不见当年痛与焦公别，九曲黄河声呜咽。君不见如今更为孔公哀，万里长江涛如雪。壮岁挥泪别慈母，依依杨柳霏霏雨。男儿壮志欲凌云，愿为高原一抔土。阿里草原天地宽，雪峰流云溢轻寒。日之夕矣牛羊下，红柳花红红欲燃。狮泉河水可濯足，阿里人民赞公仆。汉藏兄弟一家亲，民族友谊树长绿。壬申年间地震初，羊日岗乡变废墟。贡桑曲尼与曲印[1]，父母双亡遗三孤。孔公救灾情意重，收养遗孤人称颂。父母波拉[2]一身兼，饥渴冷暖频入梦。入不敷出愁如结，卖血聊补衣食缺。为使儿女早成材，何惜献尽一腔血。呜呼，冒雪救灾不辞难，欲以病躯挡风寒。送医送药送温暖，公仆光辉照人寰。胸怀爱心能舍己，跨马下乡行千里。饥食冰雪就寒风，渴饮狮泉河畔水。坚信叶茂赖深根，遍访穷乡一百村。改革蓝图绘满纸，从此阿里气象新。君不见，朗久地[3]热电厂忙送电，高原之夜明灿灿。君不见普兰什布奇口岸开，对外开放红蕾绽。君不见强拉山口公路通，车队直上白云中。君不见厂矿争相创高产，产值过亿展雄风。哀哉！人间正盼及时雨，讵料斯人长归去。甲戌之冬噩耗传，四海震荡云水怒。冈底斯山为君哀，雪花朵朵掩泉台。狮泉河水为君哭，高天滚滚走惊雷。哀思如潮漫齐鲁，素花纸钱满故土。妻小倚门望公归，望断天涯芳草路。悲壮哉！哭罢焦公哭孔公，铜琶铁板大江东。公仆精神永不灭，千秋万代气如虹。我草长歌恨满纸，人民公仆今余几？为唤公仆起黄泉，我欲投笔替公死。

[1] 1992年孔繁森抗震救灾，收养藏族遗孤曲尼、贡桑与曲印。
[2] 波拉，藏语，爷爷。
[3] 朗久地、普兰、什布奇、强拉山口，皆阿里地名。

（选自1997年1月号）

大明湖即目
杨尚模

历下风光水上多,划来艇子疾如梭。
纷纷竞向湖心去,一任红裙溅白波。

（选自 1997 年 1 月号）

水龙吟·参观引大工程有感
周笃文

能令赤野回青,人间今见擒龙手。汉唐故邑,泉枯岭秃,马羸如狗。定策中枢,指通千峰,天河营构。正新潮怒涌,风来八面,祁连下,春光秀。

漫说五丁神力,看双盾,钻机雷吼。穿山穴地,垂虹吸水,清流奔骤。史册翻新,膏原再造,平畴铺绣。望水龙夭矫,波光闪闪,灿如星斗。

（选自 1997 年 1 月号）

重游汉中
霍松林

炎汉发祥地,维新起大潮。
雄楼连市镇,小厂遍村郊。
路坦车流急,田肥稻浪高。
鹏程初展翼,万里莫辞遥。

（选自 1997 年 2 月号）

扬州梅花岭吊史可法

林家英

维扬当日奋孤军，一身傲骨壮乾坤。
人品诗书俱可法，梅花千树慰忠魂。

（选自 1997 年 3 月号）

念奴娇·登鼓浪屿日光岩

刘梦芙

紫霄千尺，眺亭亭菡萏，斜阳红抹。一叶飘然凌绝顶，拂面西风寒烈。浩渺烟波，玲珑岛屿，海镜浮天阔。尘寰俯瞰，万家星斗罗列。

胜境容我低徊，当年战垒，曾洒英雄血。耿耿忠魂应不泯，太息金瓯犹缺。一水鸿沟，归帆尽阻，凝伫头成雪。玉箫吹梦，何时圆到明月？

注：岩上有莲花庵。

（选自 1997 年 4 月号）

颂小平·怀周公

刘华瑗

邓公自许人民子，为民造福生死以。邓公爱民民爱公，公死万民皆雪涕。身后遗骸献人民，彻底唯物超生死。尸位素餐多自肥，无私如公能有几？

屈指青史近百年，惟有周公堪媲美。于嗟乎，周公邓公双星座，十年长夜催晓破。敢立中流挽狂澜，更凭只手撑天堕。独具慧眼识英才，交班再到东山卧。人心深处树丰碑，桃李不言声远播。政坛巍巍留典型，能警贪夫能立懦。

（选自 1997 年 5 月号）

迎香港回归
钟家佐

久盼回归喜有期，悲欢离合自心知。
沧桑百载辛酸泪，激愤三元举义师。
浴血卧薪一世纪，安邦定鼎万年基。
国威权属毋庸议，南海平波降米旗。

（选自 1997 年 7 月号）

归 舟
何济翔

前村灯火映篱腰，细雨归舟夜寂寥。
一棹划开油碧水，杏花风里涨春潮。

（选自 1997 年 10 月号）

引大入秦工程赞

林从龙

千年干旱困秦川,谁赐甘霖万顷田?
今日源头来活水,盈畴黍稷绿芊芊。

(选自1997年12月号)

一九九八年

诗五首(选一)

程千帆

出山复雨山,春云瀚一片。
群犊望翘然,秋成有深恋。

(选自1998年6月号)

龟兹放歌

王文英

吟鞭遥指古龟兹,多浪河边听马嘶。
引颈高歌红柳赋,凝眸低唱白杨诗。
天山雪岭云程远,大漠驼铃夕照迟。
未卸征鞍尘满面,挥毫泼墨写遐思。

(选自1998年6月号)

无花果
王国钦

春风夏雨更秋蛩,叶底无花果自红。
楼外墙边香馥郁,柯间累累唱高风。

（选自 1998 年 7 月号）

颂南泥湾精神
赵焱森

荷锄仗剑战山洼,自力更生万物嘉。
野岭寒林欢闲鸟,荒丘沃土喜鸣蛙。
牛羊展眼千帧画,庄稼流金百里霞。
陕北当年功业史,而今倍觉闪光华。

（选自 1998 年 8 月号）

春　兴
叶玉超

庭院青痕别浅深,萧斋试笔作清吟。
抒情不吐伤时语,度曲同怀乐岁心。
八表雄风频北顾,一团瑞霭已东临。
池塘梦尚萦春草,好鸟枝头送雅音。

（选自 1998 年 9 月号）

水龙吟
陈洪武

登长江源头唐古拉山脉,举目纵望,一片苍茫。

天涯远目无言,几时归得当年陌。孤崖裂石,危峰坠雪,向谁倾说?黄鹤排空,老蝉唱晚,江天疏阔。愿乘风而上,千丈白发,系斜日、休西落。

漫道微云横渡,置身于、茫茫山漠。苍波万里,至今从古,东流默默。对此哪堪,人生如寄,一杯愁我。莫流连,怎奈长歌剑气,被风吹没。

（选自 1998 年 10 月号）

海外怀乡
蔡厚示

醒寄他邦梦入华,天涯赤子总思家。
欧风美雨虽云好,日暮枫林望眼赊。

（选自 1998 年 11 月号）

鹧鸪天·吊闻一多遇难处
蔡淑萍

不复殷殷旧血痕,回头咫尺即家门。书斋已是无宁日,天下焉容系暴君!

瞻短碣,忆遗文,凛然民主自由魂。哲人已逝征程远,百感苍茫谁与论?

（选自 1998 年 12 月号）

一九九九年

满庭芳·寄友

邓世广

绿鬓凝霜,青襟带雨,当年携卷西游。闻鸡旧事,谈笑论王侯。梦断胡杨影里,芸窗外、岁月悠悠。君休问,红羊劫后,春水复东流。

沉浮。江淹笔,至今堪画,玉树琼楼。望昆仑万仞,壁立千秋。塞上金风浩荡,故乡远,魂系兰舟。清樽畔,谁能伴我,诗酒话庭州?

注:乌鲁木齐古属庭州。

(选自1999年1月号)

题贺龙碑林

刘 章

石头何大幸,来做贺公碑。
应有龙吟出,长随国望威。

(选自1999年2月号)

太平叹

白凌云

太平盛世醉红尘,处处歌楼曳舞裙。
万里西风沙蔽日,谁为仗剑净乾坤?

(选自1999年5月号)

石河子周总理纪念碑

欧阳鹤

人间何处不留情？西域新城亦播名。
塞外山河皆国土，江东儿女献丹诚。
殷勤教诲如慈父，磊落情怀感后生。
屯垦忘年终不悔，遗言永作四时铭。

（选自1999年6月号）

黄果树瀑布

马焯荣

沉雷隐隐撼千冈，万斗珍珠洒上苍。
古本《西游》今作续，龙王倒泻太平洋。

（选自1999年7月号）

春访怀柔（四首选一）

古　钟

慕田峪顶抚关墙，风迹沙痕枉断肠。
回首云深绝险处，悄然一堞蕴韬光。

（选自1999年8月号）

浣溪沙·咏项羽

阿 垅

力拔山兮可奈何？漫漫长夜茫星多，听时四面楚人歌。
谁把吾头求富贵？曾教敌胆堕滂沱，一生英气是干戈。

（选自 1999 年 9 月号）

生查子·喜迎澳门回归

叶钟华

一

前年香港归，东亚雄狮吼。灿烂紫荆花，开遍金光路。
今年迎澳门，再饮团圆酒。更待九州同，春绿台湾柳。

二

自从港姐回，澳妹归心切。一树白莲开，万缕银丝洁。
寒消杨柳风，暖化梨花雪。海内起飞龙，天上团圆月。

（选自 1999 年 9 月号）

为澳门回归而歌

孙轶青

紫荆开后又莲花，宝岛欣欣回老家。
一国原能行两制，胞亲何必隔天涯。

（选自 1999 年 10 月号）

故乡月下望六连岭

周济夫

长羡诗人一舸归,六峰月色亦云衣。
他年魂梦无拘管,可许山前化絮飞。

（选自 1999 年 11 月号）

旅居澳门七年有感

何佐瀚

老来濠镜一儒巾,云卷云舒七载春。
回首阑珊灯火后,乃真朴实澳门人。

（选自 1999 年 12 月号）

二〇〇〇年

谒郑成功墓

梁上泉

忆曾行万里,谒拜郑成功。
为颂复台志,更尊卫国雄。

南征除海霸，北望尽孤忠。
宝岛传今日，分离岂可容。

（选自 2000 年 1 月号）

报 喜
王 澍

报与广寒宫里知，龙人探月此其时。
嫦娥莫悔偷灵药，结伴还乡事可期。

（选自 2000 年 2 月号）

致武打作家
萧灼其

武侠飞天万万千，无边法力胜科研。
中华使馆伤亡重，可有师徒扫霸权？

（选自 2000 年 2 月号）

啼 莺
张品花

得句欣然把笔题，辉煌灯火破春闱。
夜深不做辽西梦，枝上黄莺尽管啼。

（选自 2000 年 2 月号）

绝　句

龙　凤

书能医俗吞千卷，酒不浇愁拒半杯。
污浊尘埃风荡去，光明伴侣月奔来。

（选自 2000 年 2 月号）

老君炼丹炉

欧阳鹤

偷吃金丹豪胆殊，深山犹见老君炉。
我呼大圣重抡棒，驱尽人间鼠与狐。

（选自 2000 年 5 月号）

江村雨后

凌世祥

环楼簇簇野花开，艳似江村少女腮。
喜得暑消长夜雨，香瓜爬上小阳台。

（选自 2000 年 9 月号）

重到西安（二首选一）
李汝伦

吟题四野种长安，魅紫妖红惑陌阡。
风雨潦残裘马地，坪梁埋尽汉唐天。
清诗每自杯中钓，盛世多从纸上观。
楼里弦歌尧舜禹，乐游原上旧炊烟。

（选自 2000 年 10 月号）

夜　归
管用和

浪打村头水漫滩，人声沸岸驱霜寒。
渔家不计夜深浅，大网拖回月一船。

（选自 2000 年 10 月号）

瓜香果甜
秦中吟

塞上秋来瓜果鲜，蜜流香溢引蜂喧。
醉人风气浓难化，沾住太阳不落山。

（选自 2000 年 11 月号）

水电站偶成

叶晓山

浩淼烟波两岸平,谁将湖水织繁星?
浪花亦是多情物,飞作千家万户灯。

(选自 2000 年 11 月号)

题画中虎

李宗逊

威风凛凛兽中王,独啸山林任恣狂。
可叹是只纸老虎,空存一副好皮囊。

(选自 2000 年 12 月号)

二○○一年

望君山

熊楚剑

闻道君山好,青螺入镜心。
情凝斑竹泪,诗绕洞庭吟。
太白焉能划,秦皇岂可焚。
飞来砥柱石,沧海识浮沉。

(选自 2001 年 2 月号)

题丰都鬼城

佟 韦

莫笑荒唐说鬼城，天堂地狱两分明。
阎罗斩尽山河洗，四海游人仰将星。

注：刘伯承同志为护国讨袁，曾血战鬼城。

（选自 2001 年 3 月号）

兰州西望

杨豫怀

夕照斑斓古渡遥，望中迢递涨春潮。
曾经沧海千重浪，又上黄河万里桥。
白塔寺前人接踵，玉门关外柳鸣条。
牧歌唱彻天山下，绿到驼铃雪半消。

（选自 2001 年 4 月号）

谒中山陵

罗约华

虎踞龙盘拥紫金，苍松翠柏接青云。
肃然起敬思潮涌，统一能安国父心。

（选自 2001 年 5 月号）

纪念彭德怀诞辰一百周年

胡秋萍

横刀立马壮军威,敢为利民问是非。
谁解万言忧国意?心如皓月洒清晖。

(选自2001年7月号)

重修黄鹤楼感怀

唐双宁

大江一路未停留,行到君前始低头。
借问龟蛇双旧识,此君可是古名楼。

(选自2001年8月号)

浣溪沙·赴欧洲飞机上

刘 征

踏遍青山白了头,西行万里更欧游,天风扶我踱寰球。
依旧狂来思揽月,偏能老去不知愁,飘飘天地一沙鸥。

(选自2001年11月号)

二〇〇二年

题黄山"金鸡叫天都"

张　岳

独立高岗片羽轻，引吭能使世人惊。
尘缘难醒金钱梦，故向天门叫几声。

（选自 2002 年 1 月号）

东坡书院口占

梁　东

冷雨寒窗近海隈，琼雷云海几楼台。
儋阳不负黎家子，一寸春光万户开。

（选自 2002 年 2 月号）

新辟平安大街

曾敏之

又将洗眼看京华，两道长街放异霞。
更是步行饶古趣，不愁扑面洒黄沙。

（选自 2002 年 3 月号）

调笑令
厉以宁

绍兴咸亨酒店小酌，席间谈起鲁迅小说中的孔乙己，有感而作。

应考，应孝，不幸一生潦倒。堂前受尽欺凌，可叹人间薄情。情薄，情薄，名利几人淡泊？

（选自2002年4月号）

题孔雀图
李才旺

不羡名园住华笼，乐在深山伴老藤。
彩屏开与村姑看，金曲唱向樵夫听。

（选自2002年5月号）

迎春曲（二首选一）
姚宜勤

千袋香菇十亩茶，春光先入小康家。
汗珠洒下珍珠换，笑煞墙边桃李花。

（选自2002年6月号）

祁连雪（五首选一）
王充闾

断续长城断续情，蜃楼堪赏不堪凭。
依依只有祁连雪，千里相随照眼明。

（选自 2002 年 6 月号）

赠邹人煜学姐（三首选一）
顾 骧

世上疮痍笔下声，人间疾苦总关情。
三闾大夫何人识？一卷骚经自在吟。

（选自 2002 年 7 月号）

买平安树
刘 章

病来何畏倒如山，无怨无忧自乐天。
一木常青时伴我，凭君默默报平安。

（选自 2002 年 9 月号）

登黄山偶感

江泽民

　　黄山乃天下奇山，余心向往久之，终未能如愿。辛巳四月廿五，始得成行。先登后山，再攀前峰，一览妙绝风光。见杜鹃红艳，溪水清澈，奇松异石，和风丽日，山峦起伏，峭壁峥嵘，云变雾幻，豁然开朗，此黄山之大观也。江山如画，令人心旷神怡，更感祖国河山之秀美，特书《七绝·登黄山偶感》一首以记之。

　　　　遥望天都倚客松，莲花始信两飞峰。
　　　　且持梦笔书奇景，日破云涛万里红。

（选自 2002 年 10 月号）

故乡吟

倪　健

　　　　归来无法认家门，故里登成富裕村。
　　　　野外禾苗清碧落，池边杨柳绿波纹。
　　　　春风一夜花飞树，江水三更月照人。
　　　　浓睡未消前日酒，莺歌呖呖耳边闻。

（选自 2002 年 11 月号）

枫叶歌

沈 鹏

忆昔初进燕都日,朝夕香山对红枫。书生意气竞奋发,何堪盘桓花树丛?弦歌弹指五十载,香山霜叶付梦中。同窗异地云泥隔,半生落魄皆成翁。更有落寂黄泉下,献身可否遂初衷?苦忆香山不渝志,红枫与我总相通。前月加国展书艺,卫护环境第一宗。我书小杜《山行》句,加拿大盛开枫树。不见彼地旗帜上,红白相间国魂铸?萧散清隽廿八字,借我秃笔泰西去。小杜地下不可见,我坐名句得美誉。古今中外有常理,人间关爱应常驻。

（选自 2002 年 12 月号）

二〇〇三年

萧 瑟

叶嘉莹

南开校园马蹄湖内遍植荷花,素所深爱。深秋摇落,偶经湖畔,口占一绝。

萧瑟悲秋今古同,残荷零落向西风。
遥天谁遣羲和驭?来送黄昏一抹红。

（选自 2003 年 3 月号上半月刊）

十渡山水吟

翟致国

嶙峋攀不厌，青嶂列从肩。
壁立疑封路，水吟知落泉。
人随山出世，心共鸟巡天。
绝顶一登眺，长歌涤俗缘。

（选自2003年4月号上半月刊）

忆江南

李枝葱

一

江南忆，常忆是枫桥。山寺钟声鸣海岱，俞书诗碣碧苔峣。渔火夜如潮。

二

江南忆，尤忆是宁波。堕地琅嬛天一阁，青灯黄卷桂婆娑。窗外说风荷。

三

江南忆，最忆鄂州风。纵论三分游赤壁，豪吟二赋忆苏公。一醉大江东。

（选自2003年11月号上半月刊）

二〇〇四年

山 居
叶文福

空山涧水野人家，榆树浓荫笑递茶。
日照门前猫睡懒，阿婆缓缓纺棉花。

（选自 2004 年 1 月号上半月刊）

登居庸关览胜
丁 林

直上戍楼看大千，山高隘险乱云翻。
坐观万木婆娑影，疑是三军战正酣。

（选自 2004 年 1 月号上半月刊）

游枣园有感
张元清

漫漫秋风夕照中，婆娑一树万珠红。
小康国里人如醉，闲坐枣园谈岁丰。

（选自 2004 年 2 月号上半月刊）

鹳雀楼

武正国

历尽沧桑变，峥嵘去复来。
凭梯高可上，一任展雄才。

（选自 2004 年 2 月号上半月刊）

城居偶书

姚宜勤

万千广厦喜成林，家住云端月比邻。
中夜敲诗犹未稳，忽思就教外星人。

（选自 2004 年 3 月号上半月刊）

拴驴泉写意

李旦初

驱车穿峡谷，揽胜沁河边。
浪卷千堆雪，峰撑一线天。
远观山泼墨，近听水弹弦。
纱帽为谁设？猿声入野烟。

（选自 2004 年 4 月号上半月刊）

大剑山绝顶远眺
孙有志

巴山余脉在,蜀地水云封。
石栈连千里,云关锁万重。
于今藏虎豹,自古卧蛟龙。
况有出师表,浇吾块垒胸。

（选自 2004 年 4 月号上半月刊）

趵突泉
于东方

趵突名泉天下闻,润泽千秋齐鲁人。
舞榭歌台逢盛世,一襟幽韵更宜春。

（选自 2004 年 5 月号上半月刊）

黄洋界
翟生祥

浩浩黄洋界,遥看满目春。
今来寻旧事,一炮定乾坤。

（选自 2004 年 5 月号上半月刊）

望娘子关瀑布
刘德宝

九天撒下万斛珠,串作秋山泻玉图。
溅入桃河烟雾障,半空映日出虹弧。

（选自 2004 年 10 月号上半月刊）

二〇〇五年

七月二十一日于天安门广场观升旗仪式适逢大雨
王恒鼎

乐奏旗升亦壮哉,雨狂不见伞撑开。
广场肃立人如海,都为灵魂洗礼来。

（选自 2005 年 4 月号上半月刊）

别周庄
卢子平

石街水巷柳依依,台榭参差紫燕飞。
曾向迷楼访南社,双桥帆影送人归。

（选自 2005 年 5 月号上半月刊）

川江号子

张青云

巴峡十二滩，嘹亮声已醉。
但说号子佳，孰知纤夫泪。

（选自 2005 年 6 月号上半月刊）

村　居

汪长祥

昔年顿足无村路，于今招手有中巴。
回首真疑非旧地，红墙绿树野人家。

（选自 2005 年 6 月号上半月刊）

溪口张学良将军幽居处

徐中秋

零落关河不忍眠，沙场战鼓扣心弦。
可怜凄冷剡溪月，照老英雄多少年。

（选自 2005 年 8 月号上半月刊）

山　月

曾咏归

山垭生孤月，千秋几圆缺？
山谷寂无声，涧草自生灭。

（选自 2005 年 9 月号上半月刊）

从长春至延边

倪向阳

长白喜初秋，东行一路幽。
云垂天幕淡，绿染岭岚稠。
学子吆瓜果，农家搞旅游。
只因观念变，无复旧山沟。

（选自 2005 年 9 月号上半月刊）

二〇〇六年

山　夜

刘家魁

一点山中月，当空慢似停。
朦胧花欲睡，清露湿虫声。

（选自 2006 年 1 月号上半月刊）

二〇〇七年

夜读达旦

杨逸明

展卷浑忘夜已深，灯前拍案朗声吟。
爬搔痒背来神爪，揩拭灵台见佛心。
残月忽收千树白，朝晖又送一楼金。
不知窗外今何世？车马倾城起噪音。

（选自 2007 年 3 月号上半月刊）

二〇〇八年

背妻行

陈建功

汶川震后，网上见到一照片：一男人将妻子遗体捆绑于背上，欲骑摩托送之安身之所，举世莫不动容。

山野尽抛别，吾妻气已竭。伏背犹带暖，归处已无家。回问妻何往？脱口泪满颊。万籁默无语，山泉悄不哗，或践平生诺，带汝浪天涯。东岳迎朝日，西天逐落霞。或与青春忆？羌酒共品哑。滔滔岷江水，悠悠妹应答。此景何堪忆，思之如刀剐。惟求茅舍里，油盐酱醋茶。怨艾亦温婉，美丑皆如花。地老天不死，有妻就有家。

（选自 2008 年 6 月号上半月刊）

仲夏思乡

寓 真

围城苦夏似蒸汤，绿影蒙茸忆故乡。
八水泉幽如泻玉，两坪果熟正飘香。
棘风习习依窗静，檐雨匀匀滴梦长。
一觉醒来忽晴夜，满天星斗好清凉。

（选自2008年7月号上半月刊）

二〇〇九年

蝶恋花

李依蔓

夕照倚天明似火。院外槐青，院里玫瑰堕。几瓣深红如蝶过。何堪旋向裙边卧？

俯首看卿卿看我。各自思量，一样愁深锁。只道种来长婀娜，可怜天意偏相左。

（选自2009年5月号上半月刊）

水调歌头·听歌

王亚平

一曲撼心魄，黄土唱高坡，披襟八面风来，都是我的歌。崖畔山丹丹艳，梦里兰花花俏,荡气压长河。怕听走西口,老泪已无多。

溪婉转,柳婀娜,月婆娑。花儿少年,伊人秋水涨秋波。岂止行云响遏,真个天惊石破,霓虹挂心窝。诗发思题壁、莫问夜如何?

(选自 2009 年 11 月号上半月刊)

二〇一〇年

水调歌头

徐　进

乙酉中秋为母亲八十诞辰忆及许多往事,感怀而作。

月是当年月,秋是这时秋。怆然八十年矣,今昔敢回眸?多少中秋月下,不尽天伦乐事,谈笑说红楼。诵读书声朗,在耳在心头。

曾有爱,曾有恨,不曾休。江中重者沉没,轻者自漂浮。欲借清光清水,再写慈颜霜发,难涤许多愁。魂骨皆秋水,秋水自长流。

(选自 2010 年 11 月号上半月刊)

二〇一一年

浣溪沙

周啸天

又值风清月白时，书传云外梦先知，绿窗惊觉细寻思。亭合双江成锦水，桥分九眼到斜晖，芳尘一去邈难追。

（选自 2011 年 4 月号上半月刊）

临江仙·古西津渡

蓝　烟

昨夜烟浓雨润，长街几处幽苔。一城故事傍江淮。蜿蜒青石板，走过绣花鞋。

弦上繁华都歇，肆中岁月深埋。流光自去惹尘埃。蔷薇花谢后，犹在最高台。

（选自 2011 年 5 月号上半月刊）

二〇一二年

浣溪沙·外滩

空林子

此夜南风似那年,涛声断处更无言,徘徊人与树之间。
十里灯光红世界,八方楼影黑江天,繁华彼岸视如烟。

（选自 2012 年 3 月号上半月刊）

浣溪沙·子云示近词惕然有作

徐晋如

曼衍鱼龙幻太平,狂歌匝地共愁生。谁登绝顶俯严城?
十万人家灯刺梦,三千世界露凝冰,风前负手看春星。

（选自 2012 年 7 月号上半月刊）

二〇一三年

送别孙若风总编辑

高　昌

古道仁怀泽惠勤,德邻五载记清芬。
振衣人向岗千仞,折柳诗酬酒一醺。

曾见雷霆磨铁笔,更期鹏翼展青云。
韶光不远春风永,每沐阳和即忆君。

(选自 2013 年 8 月号上半月刊)

二〇一四年

参观统万城遗址

邵惠兰

驱车乘兴九边游,大漠风光一望收。
统万城南听旧事,几番感慨上心头。

(选自 2014 年 1 月号上半月刊)

孟姜女庙

岳如萱

千里迢迢看孟姜,轻轻细雨落衣裳。
戍边本是匹夫事,何必千秋骂始皇。

(选自 2014 年 3 月号上半月刊)

无 题

吴小如

七十狂吟客,恒河一粒沙。
寸心欺夙诺,孤愤瘗浮夸。
平世争酬世,无涯倦有涯。
穷经谁皓首?白手自成家。

（选自 2014 年 3 月号上半月刊）

鹧鸪天·新登鹳雀楼

丁浩然

千百年来人事稠,今朝又我独登楼。几回梦想期如影,多少情怀盼更愁。凌绝顶,展清喉,临风把酒颂神州。黄河后浪推前浪,岁月峥嵘更上游。

（选自 2014 年 5 月号上半月刊）

祭张锲（三首选一）

郑伯农

英魂何处去?访旧走天涯。
曾洒及时雨,神州尽绿芽。

（选自 2014 年 7 月号上半月刊）

二〇一五年

初春雨夜
杨逸明

乍暖还寒夜气清,恰宜无寐散烦缨。
小楼停泊烟云里,零距离听春雨声。

(选自 2015 年 1 月号上半月刊)

余 杭
郑 力

山晴画槛与谁开?绣取波前鹅影来。
几个船儿摇柳细,桃花红上鲤鱼腮。

(选自 2015 年 2 月号上半月刊)

临江仙·春江泛舟
刘多寿

莺眼眨开柳眼,雨声敲碎风声。一江春水送舟行。片云充向导,伴我看潮生。
浪打船头湿梦,鱼翔水面吞星。云开雨霁彩虹横。岸花飞有意,檐燕语含情。

(选自 2015 年 3 月号上半月刊)

春
庄木弟

涨潮声急石桥平，带雨东风拂草青。
欲与春光争俏丽，谁家小女立婷婷？

（选自 2015 年 5 月号上半月刊）

浣溪沙·深峡龙潭观瀑
胡迎建

密树横枝织绿帷，满山空翠湿人衣，来观破壁雪龙飞。
春石冲崖三亿载，磨成玉釜贮琉璃，谁能到此悟天机？

（选自 2015 年 6 月号上半月刊）

迁西喜峰口大刀园行二首（其一）
刘庆霖

当年战地采风行，闻得铮铮铁骨鸣。
不畏东邻鬼哭社，大刀歌上有长城。

（选自 2015 年 7 月号上半月刊）

看女儿童年小照
王富友

湖岸当年留倩影，童年花朵水灵灵。
二十一载恍然过，小照依然漾笑声。

（选自 2015 年 8 月号上半月刊）

谢朓楼
李 睿

宛溪风景盘桓久，但看青山意未穷。
千古江流澄似练，登楼谁复忆谢公？

（选自 2015 年 10 月号上半月刊）

鱼山夜宿
凌泽欣

八月风来没噪蝉，驱车借宿入云烟。
鱼山夜半添新雨，敲打残荷不让眠。

（选自 2015 年 11 月号上半月刊）

增 江

龚鹏辉

一川烟雨一川平,一夜春霖一夜青。
栖鸟喂婴旋又至,增江花色满芳汀。

(选自 2015 年 11 月号上半月刊)

二〇一六年

阳信雨中赏梨花

林　峰

冷艳千枝鬓上斜,风中丝雨软如纱。
南来醉入春深处,误把梨花作雪花。

(选自 2016 年 1 月号上半月刊)

游太白故乡

刘茂林

久怀渴慕未成行,春到江油称我情。
多谢天公增雅兴,霏霏细雨落诗城。

(选自 2016 年 2 月号上半月刊)

秋山寄怀

罗 辉

苍山岁月侵，五彩染层林。
鸟有归巢梦，溪怀出涧心。
红枫枝落叶，青石壁回音。
自是流连处，悠然读古今。

（选自 2016 年 3 月号上半月刊）

临江仙·白露

韩林坤

湿却肩衣知坐久，满庭风月凄清。繁花睡去夜无声。盈盈花眼泪，闪闪夜精灵。

刹那生涯真也幻，晨风诉说曾经。茫茫大地遁无形。转身如转世，来日即来生。

（选自 2016 年 4 月号上半月刊）

辞别海南

王玉明

挥手依依大海前，涛声款款意绵绵。
纤云弄巧天高远，星宿争辉月上弦。

（选自 2016 年 5 月号上半月刊）

恩施大峡谷一线天

崔 鲲

劫余壁立自何年？绝处惊开一线天。
俯仰方知能进退，崎岖尽处是桃源。

（选自 2016 年 6 月号上半月刊）

龟山冬日

郑 楠

日出东山湖水平，草枯霜重雾轻轻。
也曾月下风吹柳，此际空余孤鹜鸣。

（选自 2016 年 7 月号上半月刊）

生查子·无题

杜 枚

风来杨柳凋，风过芭蕉卷。所恨涉江遥，所怨无人伴。
独坐旧檀窗，独对金樽满。直到玉钩沉，直待阳乌返。

（选自 2016 年 9 月号上半月刊）

绝 句

陈廷佑

爹娘是我眼中佛，朝霭春晖报未多。
千里烧香寻古庙，何如敬此两弥陀。

（选自 2016 年 10 月号上半月刊）

喀纳斯湖

朱秀海

雪峰倒映日光长，寒气弥空沙枣香。
天赐一湖如镜水，好教西母看周王。

丙申夏于天山下见海棠初开有思焉

朱秀海

初绽一枝但觉寒，天山冰雪正阑干。
军前唯有折杨柳，谁付横吹曲里看？

（选自 2016 年 11 月号上半月刊）

二○一七年

浣溪沙·秋日记怀用西字

周燕婷

乍觉秋光上柳眉,樽前记取赏花时,一双蝴蝶醉芳菲。
草色漫随风瘦减,蛩声恍似梦迷离,几人曾见水流西。

（选自 2017 年 2 月号上半月刊）

游中南百草原

匡 辉

远客何由至？中南乐未还。
隔林烟袅袅，飞瀑水潺潺。
吴越遗风古，尘心到此闲。
遥闻丝竹曲，间或几声鹇。

（选自 2017 年 2 月号上半月刊）

浣溪沙·谒跃龙山乾坤正气坊和方正学读书处

戴霖军

最是缑乡不了情，乾坤正气骨铮铮，回回到此意难平。
扶菊不禁嗔过客，逐莺唯恐扰先生，清风又送读书声。

（选自 2017 年 4 月号上半月刊）

山村寻春
王晓春

且随蜂蝶觅芳春,半垄金黄半垄榛。
应是东君慵懒甚,一坡山色未涂匀。

(选自 2017 年 5 月号上半月刊)

鹧鸪天·春日客山家
奚晓琳

委曲山蹊入矮墙,黏人小犬识衣香。潜泥夜雨无声细,泛雪梨腮得意张。

风醒柳,燕巢梁,春来各自说闲忙。云晴晓鹜惊林叟,一羽村烟过野塘。

(选自 2017 年 7 月号上半月刊)

晚 秋
曹初阳

雁去与天齐,轻云绕岭低。
荷浮池上下,叶落岸东西。
片月随风远,高松着雾迷。
寒蝉声寂寂,秋兴对谁题?

(选自 2017 年 8 月号上半月刊)

卜算子·太行抗日纪念碑存照

白凌云

暮色隐缁衣，叠嶂竹尖月。百座青山百万兵，将士同宵猎。
巍耸记春秋，号角平型夜。不破楼兰誓不还，到死心如铁。

（选自 2017 年 10 月号上半月刊）

水调歌头·大美新疆

赵安民

华夏山河美，大美数新疆。浪涌千山万壑，彩锦缀牛羊。峻岭高原盆地，瀚海森林戈壁，苍劲看胡杨。雪域冰峰耀，玉洁雪莲香。

版图阔，民族众，好家乡。欢会麦西来甫，热烈舞刀郎。古道沟通欧亚，荟萃东西文化，驼旅万邦商。喜阅新时代，丝路大文章。

一剪梅·新疆边境农场

赵安民

无限山光与水光，绿也白杨，肥也牛羊。条田林带韵悠扬，美好村庄，美好家邦。

带剑扶犁本领强，不着军装，不领军粮。雄浑西域挽弓长，富我边疆，固我边防。

（选自 2017 年 10 月号上半月刊）

水调歌头·航天探源

韩倚云

宇宙混成久,万物自然生。惯看今古贤哲,探赜语纵横。幻想九天揽月,入眼三星照彻,乘雾踏沧溟。谁驾木鸢起?遥望鹊桥澄。

天与地,相对论,世间情。西方莱特,曾经插翅试飞行。今夕天宫腾越,回首嫦娥传说,曾是梦经营。摆脱力牵引,一切化无形。

（选自 2017 年 11 月号上半月刊）

题西泠女史旧物

肖弘哲

红袖余温尚未消,依稀风物记前朝。
埋香冢外多情柳,写尽烟波十二桥。

（选自 2017 年 11 月号上半月刊）

二〇一八年

塞北春归

白雪梅

风拂荒原细雨斜,马兰遍地绽新花。
人思富贵离乡去,春不嫌贫又到家。

（选自 2018 年 1 月号上半月刊）

登黄山至天都峰

陈楚明

烟云尽日失崚嶒,行到天都忘几层。
壁立莲花同列坐,一山便是一闲僧。

(选自 2018 年 2 月号上半月刊)

放 鹤

潘 岳

秋风吹黄千层芦,江草连天水月浮。
飘然一振白云上,寂寥帝乡远江湖。

(选自 2018 年 3 月号上半月刊)

得 闲

李兴旺

难得浮生有空余,芜楼竟日忘崎岖。
诗题红叶一秋老,画到青藤半架枯。
小院果香藏鼠众,古泉月冷对人孤。
鹓雏岂是愁猜意,闲听高枝噪夜乌。

(选自 2018 年 4 月号上半月刊)

丁酉人日即立春日也，步老杜人日诗韵

王新才

冬来草木忍凋残，风里稍余数叶看。
桌上春盘杂蔬众，溪头群鸭破冰寒。
无涯美土霾重罩，百岁韶光指一弹。
湿气低沉行欲雨，梅花落易再开难。

（选自 2018 年 5 月号上半月刊）

西湖杂诗（选一）

邵盈午

孤山与我两无猜，底事空林响瀑雷。
一事他年应不忘，松香满袖带蝉回。

（选自 2018 年 6 月号上半月刊）

东京吊朱舜水

巴晓芳

神州万里卷胡尘，烈士东南数问津。
百树旌旗尘掩泪，一帆风雨浪漂身。
申胥力尽空浮海，鲁仲风高不帝秦。
日暮西天遥望断，年年异域哭孤臣。

（选自 2018 年 8 月号上半月刊）

喝火令
李静凤

问雪重台履，消寒尺素书。水犀来辟瘦西湖。湖上五亭烟泊，哑哑起城乌。一岁龙香墨，双勾鹊白图。奈他经得几回摩。勾到三生，影事久模糊。勾到小金山外，明月最清癯。

（选自 2018 年 8 月号上半月刊）

迁居至徐家汇有记
王 博

几树含香出近邻，推窗收尽小楼春。
莫嫌屋里无多物，种一庭花作主人。

（选自 2018 年 10 月号上半月刊）

戊戌东湖行
高遵凯

黄鹤楼台外，朱碑亭子前。
万樱花似锦，四望柳如烟。
野蔓高垂地，晴波远接天。
磨山游一日，欲去复流连。

（选自 2018 年 10 月号上半月刊）

初伏夜读

吴震启

清风明月卷初开,野草闲花岂用栽。
目定神凝如老衲,身心烛照自无埃。

（选自 2018 年 11 月号上半月刊）

藏地诗之十六

刘 俐

老柳垂丝摇古刹,夕阳分色染寒鸦。
牛牵长影斜穿壑,雁宿横塘各枕沙。
月照峰峦禅院雪,风传书信牧人家。
远山近日春将至,云路一株桃欲花。

（选自 2018 年 11 月号上半月刊）

《诗刊》增刊·子曰
二〇一三年

卜算子·断桥

贺兰吹雪

君自白堤来,我向苏堤去。人海茫茫五百年,正好桥中遇。
只为一回头,已自芳心许。童话剧终蒙太奇:红伞微微雨。

（选自 2013 年《诗刊》增刊·子曰创刊号）

携孙山村叠韵

周济夫

活活春田缓缓山,椰梢偏处霭轻烟。
新秧重见青如染,更喜童孙大一年。

(选自 2013 年《诗刊》增刊·子曰创刊号)

汉宫春·野菊

刘庆云

骤起西风,又寒蝉声噤,木叶神伤。亭荷袅袅,脱卸玉佩红裳。芳魂渐远,问谁今、香喷秋霜?遥指处、山崖泽畔,盈盈淡紫轻黄。

依约骚人韵致,更烟梳雨沐,承露涵光。试看渊明襟度,漱玉柔肠。风神淡远,似故人、月下徜徉。宜对酌,商量今古,幽怀时接浑茫。

(选自 2013 年《诗刊》增刊·子曰创刊号)

山　居

滕伟明

雪压巴山冰结庐,寒鸦敛口社林孤。
土囊风射万壶箭,板屋灯摇一卷书。
坚卧非关钓靖节,苦吟不为取青蚨。
艰难养我浩然气,会有惊天动地呼。

(选自 2013 年《诗刊》增刊·子曰创刊号)

漓江行

马 凯

细雨驼峰翠，微风扁叶悠。
云开江揽胜，雾绕岭含羞。
有水皆明镜，无山不蜃楼。
一湾一道景，摇橹画中游。

小女恬睡

马 凯

夜深竹有声，风过水无痕。
踮脚拂蚊去，恐惊睡梦人。

（选自 2013 年《诗刊》增刊·子曰创刊号）

游天门山采石矶吊李白

袁行霈

才高天亦妒，志大世难容。
唯有峨眉月，相将万里从。

（选自 2013 年《诗刊》增刊·子曰创刊号）

贺"子曰诗社"成立

郑欣淼

兹社休言小，新声天下闻。
无邪思子曰，大雅出诗云。
灵府方充沛，凡尘已郁芬。
伟哉中国梦，根本有斯文。

（选自 2013 年《诗刊》增刊·子曰创刊号）

沁园春·四季画屏之春

李文朝

残雪消融，原野酥松，万物复生。有嫩芽初露，幼苗破土；南风缕缕，溪水淙淙。桃蕾涂红，柳丝染翠，远近山峦着淡青。新雨过，引百花吐艳，众草蓬茸。

蛰虫梦断雷惊。听池畔、阵阵蛙唱鸣。赏碧枝树上，莺歌燕舞；芳菲丛里，蝶恋蜂拥。鸭崽浮波，鱼苗逐浪，才绿荷尖待玉蜓。咏春意，看中华大地，一派昌荣。

（选自 2013 年《诗刊》增刊·子曰创刊号）

如梦令·过乌江

倪健民

水绿天蓝山碧，谷狭流急林密。天堑架虹桥，穿越岭山千里。风起，风起，云涌小城遵义。

（选自 2013 年《诗刊》增刊·子曰创刊号）

靖边感怀
高洪波

李季吟诗地，后生采风来。
一曲信天游，泪逐心花开。

（选自2013年《诗刊》增刊·子曰创刊号）

吊王勃祠
王充闾

南郡寻亲归路遥，孤篷蹈海等萍飘。
才高名振滕王阁，命蹇身沉蓝水潮。
祠像由来非故国，神仙出处是文豪。
相逢我亦他乡客，千载心香域外烧。

（选自2013年《诗刊》增刊·子曰创刊号）

登鹳雀楼咏永济
高立元

凌身鹳雀踏清秋，万象缤纷醉眼收。
云断莲峰过霜雁，水衔函谷走青牛。
绘成锦绣三千卷，当领风骚五十州。
欣告九泉王县尉，古城一步一层楼。

（选自2013年《诗刊》增刊·子曰创刊号）

山 行

刘 章

秋日寻诗去，山深石径斜。
独行无向导，一路问黄花。

晚秋山中

刘 章

山色转苍凉，黄花开未了。
秋风吹客心，落叶乱归鸟。

落叶敲门

刘 章

独坐孤灯下，读书至夜深。
山中无客访，落叶乱敲门。

（选自 2013 年《诗刊》增刊·子曰创刊号）

陈去病故居

赵京战

一代诗魂不可招，当时尚有恨难消。
先生心事莫轻许，此处高寒太寂寥。

（选自 2013 年《诗刊》增刊·子曰创刊号）

武夷山晨起即兴

陈仁德

武夷胜景暂勾留,绿树鲜花绕小楼。
一夜雨声馀露气,十分春色动吟讴。
名山千载仍青翠,游子今年已白头。
忽有朵云来槛外,拂之不去只悠悠。

(选自2013年《诗刊》增刊·子曰创刊号)

题张家界天子山

刘庆霖

手握金鞭立晚风,一声号令动山容。
如今我是石天子,统御湘中百万峰。

(选自2013年《诗刊》增刊·子曰创刊号)

新农村

荆 雷

遥望曾识处,不见旧时路。
招手问行人,满街新店铺。

(选自2013年《诗刊》增刊·子曰创刊号)

大刀歌
王震宇

　　村叟集古游四乡，归执大刀登我堂。睥睨不语突起舞，凛凛满室飞秋霜。收刀顿作金鸡立，掷刀于案声锒铛。我观此刀诚古物，重铁厚脊夹金钢。红绣如花渐斑驳，其锋未灭柔而刚。叟言此物不易得，欲让识者永宝藏。我闻此言推刀笑，此物于人非祯祥。今我公门忝微禄，退食犹可安农桑。与世无争人无忤，焉用此物肆张狂。仁者亦非不尚武，示之以力慎杀伤。叟拍案起曰否否，子言谬矣目且盲，隆治迈古 妖孽兴，私官两向多豪强。白昼残人事已鲜，甚者如虎次如狼。丈夫七尺鸿毛轻，当车要敢拼螳螂。此刀一式原有二，一以献子一自将。子鄙凶器乃不屑，我欣此物还成双。言罢径取大刀去，馀我独坐心惶惶。

（选自 2013 年《诗刊》增刊·子曰创刊号）

晴冬小赋
胡成彪

雪霁南山一径斜，亭前邀客话桑麻。
寒枝无语慎攀折，留到来年看杏花。

（选自 2013 年《诗刊》增刊·子曰创刊号）

搬　家
何　鹤

芳邻挥手笑春风，我在花明柳暗中。
此去难言身是客，乔迁不过换房东。

（选自 2013 年《诗刊》增刊·子曰创刊号）

中秋引

周啸天

　　节至中秋天作美，茶楼侍坐二三子。于今教授未全贫，是夕月华清似水。恍若春风浴沂时，璧月沉沉素瓷底。以吾一日长乎尔，曷各言志毋吾以。率尔哂由由勿嗔，喟然与点点莫喜。从政种宁有王侯，为学心当如止水。云英可能不如人，殷浩从来宁作己。古人千里与万里，相遗端绮心尚尔。此生此夜须尽欢，明月明年何处是？

（选自 2013 年《诗刊》增刊·子曰第 2 期）

夜雪壬午

宗远崖

　　昨夜风吹雪，骚骚正二更。
　　初飞曾有响，久听似无声。
　　雀噪晨光现，人疑月色生。
　　开门迷出路，但见乱枝横。

（选自 2013 年《诗刊》增刊·子曰第 2 期）

玉楼春·效清真体

曾仲珊

　　伊人家住芙蓉浦，远棹扁舟来看汝。已知乌桕是门前，却隔红蕖迷去路。古堤大柳笼青雾，一霎晓风惊宿雨。天边纤月静娟娟，恰似昔年相望处。

（选自 2013 年《诗刊》增刊·子曰第 2 期）

青海湖
詹骁勇

瑶池何处是？青海在人寰。
风起思天马，云开见雪山。
小知迷渐顿，大道许追攀？
欲觅高僧问，行游去未还。

（选自2013年《诗刊》增刊·子曰第2期）

栖山偶吟
黄志军

清磬响毗庐，云堂饭熟初。
林禽得消息，敛羽下僧除。

题龙藏寺
黄志军

黄莺啼树意逍遥，古寺寻芳问野樵。
闻道郁金花欲谢，青衫急过卧龙桥。

（选自2013年《诗刊》增刊·子曰第2期）

玉楼春·登黄鹤楼

宋彩霞

临阶一曲梅花落，鹦鹉洲头帆寂寞。梦中历历是新歌，北塔晴川曾有约。冲天不见飞黄鹤，一派秋声吩咐着。烟波莫问醉如何？我与诗仙来对酌。

（选自 2013 年《诗刊》增刊·子曰第 2 期）

梅关赏青梅兼怀友人

王品科

四十年前花正红，天涯从此各西东。
而今梅子萧萧下，惹得相思一万重。

（选自 2013 年《诗刊》增刊·子曰第 2 期）

神 州

易 行

举目望神州，江河日夜流。
云横千岭雪，花涌万城楼。
绝绿天池水，至清海口秋。
心旌因此荡，恨不百年游。

（选自 2013 年《诗刊》增刊·子曰第 3 期）

西湖杂咏
钟振振

谁将西子比西湖？颜色相当品自殊。
湖是情人归大众，等闲不肯傍陶朱。

（选自 2013 年《诗刊》增刊·子曰第 3 期）

夏夜旅次海滨
李栋恒

摇帘风送爽，拍岸浪催眠。
窗下波千里，云边月半圆。

（选自 2013 年《诗刊》增刊·子曰第 3 期）

重过白下
蔡厚示

四十年间梦影重，迷茫烟水寄萍踪。
老来犹上台城望，三月樱花灼眼红。

（选自 2013 年《诗刊》增刊·子曰第 4 期）

神农架
滕伟明

本自无为界,今缘采药经。
猴头擎盖长,苍耳附衣行。
月照青鱼院,风吹白鹤缨。
野人不相见,似有冷嘲声。

(选自 2013 年《诗刊》增刊·子曰第 4 期)

鸡公山居即事
侯孝琼

大块浑茫晓雾迷,山行颇觉雨沾衣。
世人羡我云间乐,我在云间不自知。

(选自 2013 年《诗刊》增刊·子曰第 4 期)

怨妇词
吴鸣震

三月何曾尽,桃花落晚风。
才沾红杏雨,又送白山鸿。
折柳长堤上,伤神短信中。
春心摇落处,天外雨蒙蒙。

(选自 2013 年《诗刊》增刊·子曰第 4 期)

登岳阳楼

郑雪峰

高矗层楼楚水边，我来风雨正茫然。
三湘草木迷秋气，万里江湖涨暮烟。
忧乐孤臣垂笔重，登临多士问谁贤？
青衫吊古情何极？频拍栏干恨不传。

（选自2013年《诗刊》增刊·子曰第4期）

海

秋 枫

博大宏深赞誉高，评章未必是雄豪。
倘如万象皆能忍，何至随风起浪涛。

（选自2013年《诗刊》增刊·子曰第4期）

贺兰山前怀古

邓 辉

浩瀚越千年，苍黄不老天。
城埋冤枉鬼，帝舞霸王鞭。
凄怆流沙地，纷纭砾石滩。
兴亡多少恨？谁问贺兰山？

（选自2013年《诗刊》增刊·子曰第4期）

春 行
严广云

我谒青山久，年来益放情。
始闻淑气转，便作杖藜行。
桃李分春色，溪桥共雨声。
暮归村舍远，独见一鸥轻。

（选自2013年《诗刊》增刊·子曰第4期）

夜行村舍
戴步新

塞月凌空净，清辉照雪残。
鸦栖枝上稳，犬吠巷中闲。
覆草沙犹浅，回车路自宽。
风尘堪寄兴，不老是天山。

（选自2013年《诗刊》增刊·子曰第4期）

秋 吟
王守仁

菊园零落不堪游，冷月疏篱忽报秋。
自信明天春更好，从今不替落花愁。

（选自2013年《诗刊》增刊·子曰第4期）

二〇一四年

登庐山含鄱口
熊盛元

翼然有亭人空倚，望眼迷蒙云千里。天半遥闻瀑声喧，隐隐飞泉挂龙尾。清风徐徐爽籁生，荡荡云开天如砥。平视嵯峨汉阳峰，俯瞰浩瀚彭蠡水。汉阳峰高彭蠡深，纳于胸间若芥子。坐久不觉凉侵衣，湛然心澄悟妙理。九垓汗漫未可期，百年富贵犹敝屣。欲向此地巢云松，闲敲岩罅寻石髓。亦知人生逐梦难，但求遣怀暂适已。夕阳劝客下翠微，一鹘苍崖冲烟起。客兮鹘兮貌相乖，波澜莫二非吊诡。何处风送藕香来？此时无嗔更无喜。

（选自 2014 年《诗刊》增刊·子曰第 1 期）

转　蓬
叶嘉莹

转蓬辞故土，离乱断乡根。
已叹身无托，翻惊祸有门。
覆盆天莫问，落井世谁援？
剩抚怀中女，深宵忍泪吞。

（选自 2014 年《诗刊》增刊·子曰第 1 期）

客归乡居（三首其一）
程坚甫

去燕来鸿漠不关，索居穷巷转心闲。
绝交久矣无今雨，临眺依然有故山。
衣染流尘劳拂拭，灯看走马悟循环。
残书可读吟情在，天与狂生未算悭。

（选自2014年《诗刊》增刊·子曰第1期）

先慈忌日作
陈永正

节过清明雨雾连，我生之后百忧煎。
如何尚有倾江泪，哀子伶俜四十年。

（选自2014年《诗刊》增刊·子曰第1期）

咏　手
王恒鼎

勾魂摄魄玉纤纤，为我添香更抚弦。
临别低眉容一握，不知明日与谁牵？

（选自2014年《诗刊》增刊·子曰第1期）

辛卯收灯日高空巡边

魏新河

天门原不闭，容我泛星河。
流响过云疾，清辉近月多。
九州圆似掌，五岳散如螺。
列国周巡罢，摇身东海阿。

（选自 2014 年《诗刊》增刊·子曰第 1 期）

夜雨后天气晴好

潘　泓

已宜长啸复高鸣，世界无霾肺腑清。
上策怀人终赖雨，都门退敌岂须兵。
迢遥海国明朝静，污秽街衢昨夜更。
嘱咐晨花斗颜色，一轮红日共相迎。

（选自 2014 年《诗刊》增刊·子曰第 1 期）

醉太平·秋实

祁国明

山清水清，霜明月明。一家盘点收成，听嘘声笑声。
仓盈囤盈，思萦梦萦。闲来合计行程，逛南京北京。

（选自 2014 年《诗刊》增刊·子曰第 1 期）

荷兰乡村咏风车

莫各伯

才离东北复西南,百世轮回恐未堪。
一叶居高休得意,风来又见下寒潭。

(选自 2014 年《诗刊》增刊·子曰第 1 期)

茂陵怀古

霍松林

旌旗十万映朝霞,大汉天声震海涯。
煊赫武功青史著,风流文采艺林夸。
已知治国须多士,何用求仙罢百家。
王母不来银阙远,茂林松桧绕啼鸦。

(选自 2014 年《诗刊》增刊·子曰第 2 期)

壬辰清明节遥怀诗圣杜甫

周清印

河岳英灵何处祭?客中独踏浣花溪。
此时细草凄凄绿,往日娇莺恰恰啼。
千载茅庐经雨破,万间广厦与云齐。
儒林今自争华屋,谁复先忧寒士栖?

(选自 2014 年《诗刊》增刊·子曰第 2 期)

邻 居

韩开景

不是亲缘情亦真,常将忧乐醉香醇。
心中有爱心无界,一树梅花两院春。

（选自 2014 年《诗刊》增刊·子曰第 2 期）

南乡子·春游若耶溪

张慧频

着意探芳华,忙换青鞋上若耶。惆怅昨宵春雨足,梅花,流出溪南处士家。

双橹听讴哑,吵醒归巢老暮鸦。一点白帆何处去？云遮,淡入青峰浸晚霞。

（选自 2014 年《诗刊》增刊·子曰第 2 期）

孔 庙

马富林

参天松郁郁,蔽地柏森森。
克己崇周礼,开坛湮鲁音。
韶声和愈寡,论语解尤沉。
半部安天下,须凭王者心。

（选自 2014 年《诗刊》增刊·子曰第 2 期）

浣溪沙·抒怀之六

张晓虹

暗许来生共隐沦，柴门深倚杏花村。山田十亩乐耕耘。一盏茶烟供笑语，四时风物入诗文。与君同作葛天民。

（选自 2014 年《诗刊》增刊·子曰第 3 期）

山　行

木月清辉

印石光斑夏木阴，幽溪长弄不弦琴。
唐风宋雨何曾歇，越鸟一声犹古音。

（选自 2014 年《诗刊》增刊·子曰第 3 期）

一剪梅·故乡

刘泽高

绿水青山笼碧纱，遍野桑麻，坡植山茶。含沙土质种西瓜，腊肉春芽，糯米糍粑。

绛帐黉门有稚娃，侵晓离家，放学残霞。枝头喜鹊叫喳喳，春闹桃花，夏啄枇杷。

（选自 2014 年《诗刊》增刊·子曰第 3 期）

谒抗日战争纪念馆
武立胜

凝眸总教气回肠,血祭霜河挽浪狂。
惜我从军迟五秩,城头未打第一枪。

(选自 2014 年《诗刊》增刊·子曰第 3 期)

倒淌河
刘庆霖

有心奔海会同俦,彳亍前行却转忧。
一入黄河清不得,故教倒淌作西流。

(选自 2014 年《诗刊》增刊·子曰第 4 期)

鹧鸪天·盘顶村写意
王玉民

石壁红房三五家,绕村溪语自喧哗。碧云懒散秋烟直,杂树争标日影斜。
畦种菜,架悬瓜。新时旧序老生涯。青衫草笠谁家妇,笑向游人卖绿茶?

(选自 2014 年《诗刊》增刊·子曰第 4 期)

金缕曲·癸巳秋过闻胜亭

向春雷

独对青山久。正西风，徘徊歧路，待谁来叩？草密亭荒人不至，积雨霜皮欲溜。剩断瓦，差堪击缶。碣上龙蛇犹未定，问神州后事公知否。追往昔，恨无酒。

吾民吾国皆非旧。想当时，龙旗掣裂，一天星斗。践血马蹄声得得，从此关河都瘦。随俯仰，白云苍狗。百战将军今纵在，也樽前闲却屠龙手。丘与壑，幸还有。

（选自 2014 年《诗刊》增刊·子曰第 4 期）

江城梅花引

刘旭东

街头商女大声催：卖玫瑰，卖玫瑰。蓝的太妖，红的有些肥。选过几枝回首看，白色好，却茫然，送与谁？

与谁？与谁？已分飞，燕不回，梦不随。放罢放罢，又自怨，侬个垂颓？插在床头，当作有人陪。笑笑喊她来一朵，闻下下，便持花，独自归。

（选自 2014 年《诗刊》增刊·子曰第 4 期）

满江红·瘦西湖

韩 韬

暖日春游，终不负，杜郎俊赏。花坞外，一篙云水，一篙痴想。三步夭桃真浪漫，三千垂柳真迷惘。乐游人，指点老扬州，欢声朗。

春光好，多痛畅；春风劲，尤奔放。借汀州野鹤，扶摇直上。最自由人心事少，最年轻者芳心漾。廿四桥，等我学吹箫，长相望。

（选自 2014 年《诗刊》增刊·子曰第 4 期）

孤山放鹤亭感怀

施 灵

身归林下远浮名，欹枕西湖好濯缨。
明月几时成过客，梅花终古属先生。
慕之遗响何其远，愧我诗怀久未倾。
欲向鹤亭赊一角，孤山坐老看潮平。

（选自 2014 年《诗刊》增刊·子曰第 4 期）

二〇一五年

望 海

饶宗颐

搅乱波心有绿蘋，飞鸢跕跕正愁人。
路遥且泼清明眼，不用拈花已觉春。

（选自 2015 年《诗刊》增刊·子曰第 1 期）

小 荷

李海彪

小荷角尖尖,静待蜻蜓至。
待到蜻蜓立,去捉蜻蜓尾。

(选自 2015 年《诗刊》增刊·子曰第 1 期)

清平乐·空天明月

蔡世平

花开花谢,花事谁能说?最是相思难了结,坐看空天明月。
苍苍莽莽尘寰,幻成五彩斑斓。月是禅心一颗,要她清静人间。

菩萨蛮·台中人家

蔡世平

弯弯小巷清流水,家家尽在榕阴里。老屋木门开,柔声唤客来。
诗心红夕照,酒醉闽南调。一曲画堂春,中华韵里人。

(选自 2015 年《诗刊》增刊·子曰第 1 期)

临江仙·忆童年

曹 辉

屋后房前奔跑过,像风一样悠哉。童年伙伴早分开,那时难预见,你我的将来。

　　河里曾经频戏水，田中笑把秧栽。边玩边赏绿成排，纵然回不去，记忆也开怀。

（选自 2015 年《诗刊》增刊·子曰第 1 期）

别重庆秀山城
王海亮

　　细雨霏霏出凤凰，无人能解此心伤。
　　原来今世承前世，到底他乡非故乡。
　　错落青山隔云雾，连绵江水下潇湘。
　　风尘风物常如梦，再晤悲欢味已忘。

（选自 2015 年《诗刊》增刊·子曰第 1 期）

鹧鸪天·七夕民工吟
陈佐松

　　一自离家赴远程，三秋未返旧门庭。班中怕被工头吼，梦里方闻儿女声。
　　凭闷酒，伴孤灯。工棚对影叹伶仃。纵然牛女银河隔，多我年年一夜情。

（选自 2015 年《诗刊》增刊·子曰第 1 期）

回家补记
贾来发

世事纷纷逐逝波,回家低唱打陀螺。
年光老去春风里,难忘童年那首歌。

(选自 2015 年《诗刊》增刊·子曰第 1 期)

暑假登青城山
戈英福

问道名山入上清,祖师洞外圣灯明。
轻风摇树随岚舞,溪水吟诗伴鹤鸣。
巴蜀千秋天府国,成都几代帝王城。
云梯直往蟾宫去,俯瞰岷江我似鹰。

(选自 2015 年《诗刊》增刊·子曰第 1 期)

山水盆景
孙双平

遍历斧刀锤炼功,奇崖怪石竞争雄。
休看书案瓦盆小,尽列西南十二峰。

(选自 2015 年《诗刊》增刊·子曰第 2 期)

秋 行

胡成彪

径到山深处，来看十月花。
欲尝丰岁酒，相约野人家。

（选自 2015 年《诗刊》增刊·子曰第 2 期）

七星岩

朱雪里

七星天宇落，静卧碧波间。
灵秀一泓水，神奇数座山。
鱼嬉荷叶乐，鹤立绿洲闲。
崖刻先贤字，其高不可攀。

（选自 2015 年《诗刊》增刊·子曰第 2 期）

沁园春·题通榆墨宝园

张文学

　　远古琴台，清虚玉砚，大漠印章。见园中老柳，时传鸟语；池边青草，正散幽香。拾梦碑林，清心梵曲，天籁飘来玉甸凉。凝神听，是高山流水，湿了烟光。

　　约来一抹斜阳。君许我、今宵再举觞。叹绵绵古道，何来瘦马？茫茫旷野，岂是洪荒？豪饮千巡，但求一醉，穿越时空到盛唐。吾狂矣，与青莲把盏，共品沧桑。

（选自 2015 年《诗刊》增刊·子曰第 2 期）

落 叶
杨聚民

原说干枯便已休,满铺庭院塞渠沟。
风来还要飘摇起,不忘曾经在上头。

(选自 2015 年《诗刊》增刊·子曰第 2 期)

踏莎行·雪夜行至白城金鱼湖畔
王述评

曲岸风轻,长空雪乱。霜眉漫闪灯宵炫。淞烟扑脸太冰灵,恍然行入琉璃苑。
漫步廊桥,轻抬袖腕。周身拂落梨花瓣。心扉漫启透清新,独怡踏雪归来慢。

(选自 2015 年《诗刊》增刊·子曰第 2 期)

浣溪沙·邓丽君纪念馆
魏新建

悄步循声为哪般,高雄故地吊名媛,咖啡美酒意缠绵。
天籁清音留绝唱,人间金曲断冰弦,香魂渺渺海蓝蓝。

(选自 2015 年《诗刊》增刊·子曰第 2 期)

秋日登山

释戒贤

松籁无边涤俗尘，峰头块石坐闲身。
西风尽卷浮云去，露出青天面目真。

（选自 2015 年《诗刊》增刊·子曰第 2 期）

到延安

吴宝军

一出机舱爽气呈，骤消劳顿动诗情。
有心时雨迎宾到，无限风光随客行。
宝塔入空明万里，延河越野沃千城。
英雄魂魄今犹在，满目青山妩媚生。

（选自 2015 年《诗刊》增刊·子曰第 2 期）

开班及宝塔山重温入党誓词

吴宝军

七大礼堂开要端，班旗招展映延安。
五湖四海无微隙，二水三山有大观。
宝塔明灯温誓语，延河清浪濯缨冠。
凉风习习浮云散，放眼人间天地宽。

（选自 2015 年《诗刊》增刊·子曰第 2 期）

访萧涤非先生未遇

刘世南

笺杜早推一世雄,岂唯江右仰文宗。
并无议论随人后,幸有文章见道同。
圣代未闻衰比凤,幽居端叹德犹龙。
何时謦欬亲前辈?魂梦低回泰岱中。

(选自2015年《诗刊》增刊·子曰第3期)

白洋淀追忆抗战往事

张会忠

轻舟载梦入苍茫,闻道当年是战场。
千顷白洋吞落日,雁翎如箭苇如枪。

(选自2015年《诗刊》增刊·子曰第3期)

谒抗战烈士陵园

王莹莹

大刀烈马暗征尘,誓守边关不顾身。
恨我迟生数十载,碑前空作献花人。

(选自2015年《诗刊》增刊·子曰第3期)

【中吕·山坡羊】杭州印象

南广勋

木楼竹障，窄门长巷，街河石岸青苔胖。小轩窗，绣花娘，素衣短袖银烛亮，正是三秋桂子香，高，满树黄；低，满地黄。

（选自2015年《诗刊》增刊·子曰第3期）

游西安兴庆宫

胡迎建

空瞻唐遗址，不见汉宫墀。
丹阁薰香散，浅堤新柳垂。
蝶翻留客处，水涨泛舟时。
坠萼谁能拾？凄凉读杜诗。

（选自2015年《诗刊》增刊·子曰第3期）

谒三苏坟

姚泉名

霜柏阴阴护古坟，汝阳春讯隔黄云。
几家父子能惊世，是处川原幸葬君。
海内功名数宗罪，天涯辞赋万年文。
小眉山外无风雨，客似飞鸿又一群。

（选自2015年《诗刊》增刊·子曰第3期）

游黄山

蔡心寰

嶔崎历落见精神,约束高秋尽日晴。
尖出莲花千丈秀,敞开天幕万峰呈。
风来大壑虬龙舞,石泻飞泉鸾凤鸣。
长啸披襟临绝顶,回看归路白云平。

(选自2015年《诗刊》增刊·子曰第3期)

登五老峰

赵清甫

永济多高峰,参差矗五老。何年五老生?天地可知晓?探问入山林,应答有啼鸟。苍岩累累危,花树自袅袅。古观烟霞蒸,通达路窈窕。拾阶上碧虚,举手触星昴。我欲揽白云,忽而亦缥缈。峰巅瞰群山,群山一何小。

(选自2015年《诗刊》增刊·子曰第3期)

故乡

刘如姬

《故乡》一曲恸衷肠,国恨家仇未敢忘。
燕水牵愁流不尽,无名碑畔野花香。

注:《故乡》为抗战时期永安最流行的抗战歌曲之一,燕江畔曾有抗日英雄纪念碑。

(选自2015年《诗刊》增刊·子曰第3期)

雨后草原暮色
蒋本正

雨洗蓝天千里远，风过原野百花开。
雪山正欲留圆日，一朵红云悄悄来。

（选自2015年《诗刊》增刊·子曰第4期）

游神龙故里百草园感怀
李辉耀

千里寻根拜烈山，不求财宝不求官。
但期觅得神龙药，勿使穷民看病难。

（选自2015年《诗刊》增刊·子曰第4期）

春　水
胡玉鹏

春水无边碧袖舒，江湖依傍隐茅庐。
逍遥天地千年客，散漫时光一卷书。
物我相参谁是我？人鱼互看子非鱼。
从今消息当何探？两意偏安梦又初。

（选自2015年《诗刊》增刊·子曰第4期）

南歌子·寄夫

张小红

梦里柔情短，笺中思念长。眉梢难掩是忧伤，无奈朝朝向北倚栏望。
恼也时常恼，忘来怎便忘。饥寒冷暖总牵肠，阴雨连天记得要加裳。

（选自 2015 年《诗刊》增刊·子曰第 4 期）

磨石桥早春

马少侨

平畴十里菜花香，匝地云飞一抹黄。
小雨万针秧出水，晚风双剪燕归梁。
日边曾记栽红杏，客里如今又绿杨。
箬笠芒鞋亲检点，一年农事正春忙。

（选自 2015 年《诗刊》增刊·子曰第 4 期）

独 行

于万超

大野雪如沙，黄昏一点雅。
寒烟遮晚籁，落照散余霞。
九曲浮华路，寻常百姓家。
与谁瓢饮后？落拓咏梅花。

（选自 2015 年《诗刊》增刊·子曰第 4 期）

二〇一六年

开封纪游

钱志熙

梦华旧迹久模糊,艮岳荒芜汴水枯。
留得樊楼一片月,满城争卖上河图。

(选自 2016 年《诗刊》增刊·子曰第 1 期)

荷塘小立

高 昌

老荷撑起老时光,多少乡愁已泛黄。
枯叶横斜寒瓣仄,当年蝴蝶去何方?

(选自 2016 年《诗刊》增刊·子曰第 1 期)

入京时逢雾霾,间有余晴

周路平

春暮轻车入帝京,尘霾无尽锁尊荣。
巍峨赫立三千殿,恭肃弥传万岁声。
大宇我来无半角,长城此去趁余晴。
徐登秦汉烽台望,十六燕云俱甲兵。

(选自 2016 年《诗刊》增刊·子曰第 1 期)

晚 兴

涂国彬

刈尽田禾始得闲，袖怀沈韵出柴关。
白云最善藏秋寺，黄叶尤工缀晚山。
钓艇已随风荡去，樵柯应逐鸟飞还。
行行且向危桥立，一俯清溪照酒颜。

（选自 2016 年《诗刊》增刊·子曰第 1 期）

庭院金银花

李 颖

一架青藤绕月廊，花开初白次成黄。
依墙并蒂相扶植，为抱清风暗送香。

（选自 2016 年《诗刊》增刊·子曰第 1 期）

童年记忆之放牛

楼立剑

稻麻深处觅羊肠，牛尾无声甩夕阳。
赤足偶惊蛇出没，童心只与鸟商量。
山横魅影当归路，草伏蚊兵开战场。
最爱牧鞭遥指处，炊烟一片入风香。

（选自 2016 年《诗刊》增刊·子曰第 1 期）

根宫佛国

周清印

云鹤窥檐日日过，厌巢林樾择枯柯。
神工善变宁无极，朽木可雕真不讹。
千载明心成佛少，百端痴欲钓人多。
哪尊或是来生我，罗汉盈堂自抚摩。

（选自 2016 年《诗刊》增刊·子曰第 1 期）

清平乐·乡愁

王崇庆

灰墙黛瓦，顿把乡愁惹。七里三分如古画，今日长街在哪？
谁怜石板青青？谁知桑海曾经？谁在三更还忆，当年车马声声？

（选自 2016 年《诗刊》增刊·子曰第 2 期）

盐蒿吟

邵如瑞

老人回味苦难忘，昔日春荒代主粮。
时过境迁身价变，忽成名菜供人尝。

（选自 2016 年《诗刊》增刊·子曰第 2 期）

南乡子·回乡

蒋淑玉

不忍看南窗,慈母叮咛在耳旁。犹记当年冬日夜,灯黄,一线一针补旧裳。
年少最疏狂,西跳东奔忘了娘。回首方知娘不在,离肠,月影斜斜荒草墙。

(选自 2016 年《诗刊》增刊·子曰第 2 期)

九月九

罗珊红

兄妹成群各自忙,村居白发老亲娘。
花猫黑犬晨昏伴,土灶青烟岁月长。
瓦上秋浓霜欲降,篱边绿瘦菊初黄。
一年又是重阳节,探母回时喜未央。

(选自 2016 年《诗刊》增刊·子曰第 2 期)

卜算子

陈 默

别过杏花风,别过梨花雨。别过溪桥柳下人,吹咽相思句。
从此不重逢,梦里应如许。遗恨多情又绝情,散了鸳鸯侣。

(选自 2016 年《诗刊》增刊·子曰第 2 期)

浣溪沙·山村行

张化寒

草色岚光踏锦茵,李桃园蕊媚阳晨,双双鹅鸭戏江滨。
农妇互夸针线巧,小姑悄论嫁衣新,说郎情事笑声频。

(选自 2016 年《诗刊》增刊·子曰第 2 期)

一叶落·思

陈海媚

一叶落,风漂泊。我心问月望乡郭。陌头绿柳芳,庭院秋千索。秋千索,一任流年错。

(选自 2016 年《诗刊》增刊·子曰第 2 期)

固 关

王占民

关在云头复岭头,登临只合放吟眸。
苔侵古道兵何在?松荫通衢车似流。
冰刃已镕黎庶铁,春风正助稻粱谋。
燕莺也晓烽烟息,争筑新巢傍戍楼。

(选自 2016 年《诗刊》增刊·子曰第 2 期)

夜宿南京

陈金锁

玄武湖边客倚楼，蒋山月色自悠悠。
六朝歌舞成何事？一片潮声打石头。

（选自2016年《诗刊》增刊·子曰第2期）

登鸡公山报晓峰

韩勇建

我是奇山峰上峰，流云行过脚生风。
张开双臂仰天啸，万物尽投怀抱中。

（选自2016年《诗刊》增刊·子曰第3期）

蝶恋花

王建强

月到中宵生薄雾，也照团圆，也照离人去。旧日情怀留几许，阳春花事深秋雨。

酒到酣时杯未住，念到谁人？念到伤心处。记得海棠花满树，与君低唱放翁句。

（选自2016年《诗刊》增刊·子曰第3期）

减字木兰花·绮思
冯恩泽

那年如梦,伞下依依君与共。别已霜秋,风碎黄花一地愁。
问缘深浅,零乱情丝何以剪?雁又回时,依旧当初那份痴。

(选自2016年《诗刊》增刊·子曰第3期)

三岔湖花岛
袁 林

花岛鲜花开满台,花香引得蝶蜂来。
花前少女撑花伞,一朵娇花又绽开。

(选自2016年《诗刊》增刊·子曰第3期)

忻州吊元好问
王翼奇

太行元气此星辰,何止金源第一人。
泾渭清浑疏凿手,沧桑歌哭乱离身。
韩岩村古公如在,野史亭空草自春。
束发读诗今展墓,摩挲老柏想风神。

(选自2016年《诗刊》增刊·子曰第4期)

赋得"此生此夜不长好，明月明年何处看"

叶兆辉

偃蹇浮生绮梦微，今何曾是昨皆非。
枝头明月难双照，雪里孤鸿已远飞。
别后波光流艳影，年来酒渍满单衣。
望中无限沧桑感，带减萧郎又一围。

（选自2016年《诗刊》增刊·子曰第4期）

剥洋葱

何其三

层层葱瓣似鱼鳞，眼鼻熏酸味不禁。
何必为它轻洒泪，紫衣剥尽本无心。

（选自2016年《诗刊》增刊·子曰第4期）

黄昏海滩

李伟亮

沙温水暖鹭回翔，如此情怀坐若忘。
我向苍穹深一瞥，大潮落处月牙黄。

（选自2016年《诗刊》增刊·子曰第4期）

长相思·回乡路上

杜 岳

左也山，右也山，万绿丛中小道弯。鲜花映鬓斑。
思悠然，望悠然，桑梓遥遥在那边。乡情甜又甜。

（选自 2016 年《诗刊》增刊·子曰第 4 期）

西站送客

殊 同

客中送客更南游，一站华光入夜浮。
说好不为儿女态，我回头见你回头。

（选自 2016 年《诗刊》增刊·子曰第 4 期）

鹧鸪天·寄友

彭 莫

记得窗前槐树吗？几回树下过家家。泥巴盘子泥巴碗，塑料摇车塑料娃。
儿时梦，散如沙。谁知转瞬即天涯？老房拆了树还在，一到夏天开白花。

（选自 2016 年《诗刊》增刊·子曰第 4 期）

二〇一七年

过崖门古战场

熊东遨

暮色苍茫里,依稀见炮台。
潮生天鼓作,雾敛海门开。
古国崇文治,清时用美材。
千秋事多少?犹替宋人哀。

(选自 2017 年《诗刊》增刊·子曰第 1 期)

丙申春登戏马台

星 汉

两千年后又春风,我下天山指顾中。
逐鹿已亡秦二世,沐猴遗笑楚重瞳。
鸿门宴失机心浅,戏马台留幻梦空。
啼鸟也知如许恨,林间叫破夕阳红。

与徐州诸诗友同登云龙山

星 汉

四围胜景尽收罗,装满奚囊再琢磨。
石佛依山通北魏,春风扫路访东坡。

鸟穿芳树传声远,霞落平湖染色多。
幸喜诸君襟抱富,诗情借我放高歌。

(选自 2017 年《诗刊》增刊·子曰第 1 期)

父辈与《诗刊》故事

刘庆华

每逢大雪断三餐,陋室单衣破被寒。
镇日倚窗何所望?邮差山路递《诗刊》。

(选自 2017 年《诗刊》增刊·子曰第 1 期)

贺《诗刊》创刊六十周年

孙 亭

勇立潮头六十春,播言咏志细耕耘。
崎岖齐奏催征曲,盛世争鸣圆梦音。
每见新词生鬼斧,常看妙意降仙心。
江山正好瞳瞳日,华诞整装再鼓琴。

(选自 2017 年《诗刊》增刊·子曰第 1 期)

诗 缘

萧宜美

笔下时光今世缘,回眸感叹忆延绵。
少年远寄深山梦,游子连收极地篇。

古浪流长逢盛境,新潮涌阔竞空天。
万千气象风云志,浩荡兼程向远巅。

注:中学时代曾向《诗刊》投寄过新诗的稿件;四十年后常在《诗刊》上发表游历世界的旧体诗作,故有颔联。

(选自 2017 年《诗刊》增刊·子曰第 1 期)

蝶恋花
李四维

昔日相逢春水面,我是垂杨,你是翩翩燕。我爱烟花多散漫,你还王谢堂前见。

今日重来风露晚,我已无绵,你已飘零倦。堤上谁人吹玉管?犹堪共舞斜阳淡。

(选自 2017 年《诗刊》增刊·子曰第 2 期)

梦 家
王彦龙

昨梦乡关无限情,家山寥落草莱生。
高堂鬓发垂垂白,庭树枝柯历历青。
万里飘蓬终是客,十年集腋竟何成?
匣中空有龙泉剑,还似儿时夜夜鸣。

(选自 2017 年《诗刊》增刊·子曰第 2 期)

甲午七月旅中即事

程 悦

已霁山村日影低，鹿鸣林野鸟闲啼。
春从归后飞花少，人自南来遇客稀。
旧雨茅庐空筑燕，回塘暮照剩鸿泥。
今宵秋月逢何处？一路夜风听马蹄。

（选自2017年《诗刊》增刊·子曰第2期）

夏夜观星

吴雨辰

区区萤火光，由来河汉广。
身在恒沙数，不作恒沙想。

（选自2017年《诗刊》增刊·子曰第2期）

夜坐有思

唐颢宇

不知上界宴何人？雷走长天殷可闻。
想我读书灯下雨，是谁起舞袖中云？
寒香迥自名山出，夜色遥从大海分。
十万精灵春气里，可能随处论斯文。

（选自2017年《诗刊》增刊·子曰第2期）

觉岸寺
曾入龙

一寺微茫数角青,鸟声如雨落谁听?
云深处亦山深处,访个闲僧念段经。

(选自2017年《诗刊》增刊·子曰第2期)

青海湖
王悦笛

洒面长风跨海吹,驱羊大马牧人骑。
一鞭何日入吾手?万类群生在指麾。

(选自2017年《诗刊》增刊·子曰第2期)

丙戌谷雨前,欲返加国,登门辞别林公从龙
黄　斌

清芬难舍也,来品雨前茶。
润泽于心底,吟哦到海涯。
杯盈新郑枣,味胜邵平瓜。
一别劳相送,楼头日渐斜。

(选自2017年《诗刊》增刊·子曰第2期)

雪霁偕诸友登武当山金顶有感

李辉耀

借得武当山势高,问天问地问渔樵。
缘何金顶阳光灿?犹有人间雪未消。

(选自 2017 年《诗刊》增刊·子曰第 3 期)

官厅诗友聚

王改正

随缘泊爱意悠悠,蓝岛魂销浪漫舟。
天寿山花云外月,官厅湖水画中楼。
交心不醉千杯酒,携手闲观万里流。
如此良宵君伴我,情歌一唱到白头。

(选自 2017 年《诗刊》增刊·子曰第 3 期)

题官厅水库北岸舟上与诗友合影

何云春

夕照轻舟远,波迎贵客来。
湖边多泊爱,携手上楼台。

(选自 2017 年《诗刊》增刊·子曰第 3 期)

赞泊爱蓝岛创作基地

白双忠

官厅古镇出边塞,峻岭苍松映水中。
蓝岛楼台明月下,醉吟新作播清风。

（选自 2017 年《诗刊》增刊·子曰第 3 期）

童 趣

陈泰炙

樱花树上雀儿慌,桦木栏边隐稚郎。
借问何方藏笑语？芳菲三月逗春忙。

（选自 2017 年《诗刊》增刊·子曰第 3 期）

攀登黄山天都峰

蔡友林

天梯直立入云端,手脚如猿往上攀。
不可回头瞧险处,一心只望到峰巅。

（选自 2017 年《诗刊》增刊·子曰第 3 期）

踏莎行·寻黄帝城故址

屈 杰

水剪清瞳，风飘柳絮，黄莺啼老三千树。残垣断廓尚依稀，年年芳草难围住。

涿鹿鏖兵，轩辕定宇，文明初现光千缕。我来吊谒感苍茫，心香一瓣长无语。

（选自2017年《诗刊》增刊·子曰第3期）

洞庭湖感怀

雪 野

碧水连天接远空，湖烟开处起秋风。
岳阳楼阁疑天上，湘女情缘似梦中。
十里蒹葭洲尽白，一山斑竹泪犹红。
从来此地多王气，不见当时楚国雄。

（选自2017年《诗刊》增刊·子曰第3期）

新村访友

高怀柱

新村访友问新家，遇得塘前放学娃。
手指小楼第三座，门前一树杜梨花。

（选自2017年《诗刊》增刊·子曰第3期）

洞庭秋水歌
希国栋

洞庭秋水晚生波,独上高楼弹剑歌。
漫卷白云藏袖底,只留明月照山河。

（选自 2017 年《诗刊》增刊·子曰第 3 期）

山花子·江居
乔术峰

小棹秋风一叶轻,渔家抖网逆潮行。几片芦花吹作雪,落沙汀。
杯浅频邀船上月,灯红远望石头城。醉里不知涛拍岸,一声声。

（选自 2017 年《诗刊》增刊·子曰第 3 期）

宛平城墙弹坑残垣处见野草口占
叶宝林

月砥难磨老弹坑,伤痕依旧未封平。
春风不记人间恨,岁岁吹蒿瓦上生。

（选自 2017 年《诗刊》增刊·子曰第 4 期）

南昌八一纪念馆
赵宝海

枪逐朝暾响,星红旗领军。
开天风荡荡,化碧血殷殷。
高馆藏豪气,精魂聚虎贲。
光音何太速,追逐入氤氲。

(选自 2017 年《诗刊》增刊·子曰第 4 期)

武昌翠柳街酒肆送别
巴晓芳

日暮风寒酒尚温,小桥又醉别离人。
怨他此地名翠柳,总有柔条折又新。

(选自 2017 年《诗刊》增刊·子曰第 4 期)

宿梅红山
姚泉名

秋山入夜色全无,却把楼灯泼满湖。
犹记来时峰转处,溪声醉得数枫朱。

(选自 2017 年《诗刊》增刊·子曰第 4 期)

秋　夜

倪惠芳

风雨乍仓皇，灯前听叶凉。
邻居家宴散，回巷犬声长。
墨迹枯如夜，秋光淡似霜。
去年游冶处，明日尚花黄？

（选自 2017 年《诗刊》增刊·子曰第 4 期）

中山陵

朱距风

草木青青此意何？雨烟旧恨蒋山多。
已无躯骨支危局，复有松楸说共和。
阶阁自依龙势险，碑亭空立鸟声过。
岭风销尽帝王气，吹皱秦淮千顷波。

（选自 2017 年《诗刊》增刊·子曰第 4 期）

咏　荷

朱永兴

姿影婷婷七月荷，满塘葱翠意良多。
高扬杆杆青莲笔，畅写章章廉洁歌。
暑溽有芳亲白鹭，秋来无悔傲苍波。
栉风沐雨一生短，孤韵悠悠入九河。

（选自 2017 年《诗刊》增刊·子曰第 4 期）

金山寺

杨 磊

袅袅檀香日日焚,金山寺里小乾坤。
长街车马人声沸,佛与红尘隔一门。

(选自2017年《诗刊》增刊·子曰第4期)

二〇一八年

减兰·初春

邵红霞

雁回日暖,纵是潇潇风亦软。洗净霾尘,小草尖尖青未匀。
云垂碧水,柳眼争看红杏蕊。不是啼莺,春在枝头笑出声。

(选自2018年《诗刊》增刊·子曰第1期)

【中吕·山坡羊】秋山漫兴

施幸荣

枫林如醉,风儿如睡,白云幽会驼峰背。近山围,抖尘灰。涓涓活水清心肺,住在红尘多么累。诗,山上美,歌,山上美。

(选自2018年《诗刊》增刊·子曰第1期)

折枝吟

李晓娴

青阳二三月，平野起春风。百花奉时令，夹陌紫被红。独有一株雪，开在深山侧。遗世而独立，佳人求不得。白马驰翩翩，谁家好少年？忽见遥艳色，执鞭莫肯前。玄兮子之发，青兮子之衿。谢子良厚意，贻子白玉簪。玉簪何所若？错枝梨花络。微微度暗香，清露纷纷落。

（选自 2018 年《诗刊》增刊·子曰第 1 期）

浣溪沙·两地夫妻

张小红

八载婚姻有若无，年年离恨满江湖，家如客栈你如租。
忆到那时空懊恼，思来此际且糊涂，人生回不到当初。

（选自 2018 年《诗刊》增刊·子曰第 1 期）

贺新郎·登北固楼有怀

王 勤

慷慨登临处。望江天，数张帆影，几行烟树。第一楼前波万顷，长拥苍苍北固。犹记得，吞吴平楚。费尽当年孙刘计，更有谁，可做千秋主？黎庶泪，泻今古。

劫余文字光芒吐。问英魂，兴亡阅尽，竟归谁寓？弹指王朝如梦幻，天意高难共语。待皎月，扁舟容与。欸乃声中来诗客，任悠悠漫过烟波路。暂寄世，听风雨。

（选自 2018 年《诗刊》增刊·子曰第 1 期）

有谢四大兄之赠并答

云四儿

音书日少亦无妨,最好情怀即两忘。
行事于今疏意气,新诗偶作渐家常。

曾谁吟得江南绿?是雨催成小菊黄。
来坐深宵明月里,看君秋梦过横塘。

(选自2018年《诗刊》增刊·子曰第1期)

不　惑

无以为名

四十馀年不惑迟,沉浮几度有谁知?
花因可爱黄于手,草为将离绿及诗。
拈扁佛珠原罪略,熨平鸳帕旧情遗。
倾杯坐任天河涨,万里风波忍一时。

(选自2018年《诗刊》增刊·子曰第1期)

望万里海疆图

方　伟

海疆万里画图开,渺渺沧波隔陆台。
我欲凌空伸手去,一盆山水抱回来。

早起迎秋

方 伟

犹是寻常白袷衣,绿杨堤上晓风微。
未经允许秋先到,不待商量叶乱飞。
动我感伤因宿露,予人希望是朝晖。
遥知此后冬春转,预备花篮赋采薇。

(选自2018年《诗刊》增刊·子曰第1期)

赴陇道中吊张骞

金 锐

三月见飞雪,胡乡大漠春。
可怜成固使,不遇武陵人。
沙海几寻道,天河重问津。
死生八万里,犹是汉廷臣。

(选自2018年《诗刊》增刊·子曰第2期)

秋 萤

曾 拓

禁苑繁华事已非,年年傍水若无依。
婆娑腐草饶生意,衰飒寒花感物机。

孤影不随风势堕，弱光偏趁月明飞。
秋心寸焰凭谁暖？分付凉天夜气微。

（选自 2018 年《诗刊》增刊·子曰第 2 期）

登天雄关

何 革

百年寂寞远嚣尘，漫向残碑辨旧痕。
石覆荒苔一径古，风寒老柏数鸦昏。
时空异变闻征马，钟鼓频传近佛门。
眼底沧桑心底事，幽思无限已销魂。

注：剑门蜀道上一处古关隘，位于昭化区境内，现已废弃，关旁建有寺院。

（选自 2018 年《诗刊》增刊·子曰第 2 期）

回乡过村口老槐树

张 栋

网过鸣蝉掏过鸟，攀爬之术可如猫。
童年多少调皮事，犹在老槐枝上摇。

（选自 2018 年《诗刊》增刊·子曰第 2 期）

早梅约友人饮

熊东遂

醉云台下一枝开,下一枝开约汝来。
约汝来观梅后雪,观梅后雪醉云台。

(选自 2018 年《诗刊》增刊·子曰第 2 期)

漫步滨河

董美娟

欣然卸下御寒衣,不坐公车漫步归。
两岸柳烟多雅淡,九旬福寿足珍稀。
流连花圃听波唱,邀约东风看鹭飞。
灵性招人闲逸致,尽情相拥莫相违。

(选自 2018 年《诗刊》增刊·子曰第 2 期)

香港回归倒计时歌

滕伟明

广州城头建大钟,昭示寰宇上摩空。岁在丁丑月在七,香港重归禹甸中。百年望海泪成血,百年望海化坚白。海枯石烂不回头,要看金瓯来合缺。英人督港累百年,港民不改汉衣冠。伊丽莎白非吾主,龙种生来认轩辕。十万万人坐待晓,百年纪岁今读秒。悲喜交加情欲狂,我心突突如鼓捣。安排焰火与金钲,巨觥注酒香满盈。如何不作回旋舞,且听子夜第一声。

(选自 2018 年《诗刊》增刊·子曰第 3 期)

安丘道上

布凤华

长龙动夏初,过雨浥清虚。
天阔云奔鹿,野苍禾祭鱼。
须臾临泰岱,遽尔梦华胥。
赢得悠闲日,行藏总宴如。

(选自 2018 年《诗刊》增刊·子曰第 3 期)

文竹花

丁 欣

素颜柔骨如飞雪,淡入青葱碧玉堆。
刻意瘦成丁点样,教人不觉是花开。

柳 絮

丁 欣

离亭扑面添缭绕,野径沾衣入翠微。
碧玉枝头皆锦绣,新花一吐即能飞。

(选自 2018 年《诗刊》增刊·子曰第 3 期)

和长河先生新得弟子数人感赋

郭庆华

风骚事业仗谁支？喜见江南雨细时。
老子出关天可问，甘霖入地草先知。
非图名立唯求道，为使薪传宁做师。
敢与王侯争不朽，他凭纱帽我凭诗。

减字木兰花·陪夫人购衣

郭庆华

商场纷扰，护驾半天跟着跑。挑去挑来，难有时装中下怀。
殷勤指点，却怪老夫常走眼。一怒回家，叫俺如何讨好呀？

（选自2018年《诗刊》增刊·子曰第3期）

临江仙·大江入海

了 凡

滚滚长江辗转东，驱波逐浪汹汹。关山已度几千重。投身碧海去，不复困樊笼。
人似蜉蝣生似梦，每登碣石临风。何堪块垒乱横胸。一心真自在，万事始从容。

定风波·偶感

了 凡

昨夜无眠自问心,二三子或有知音。万丈红尘游未遍,应叹,梧桐几处落良禽。

肚里文章金不换,何羡?弄权炫富啸当今。厚德传家香更久,知否?诗书存世即余荫。

(选自 2018 年《诗刊》增刊·子曰第 3 期)

访红安井答同学潘泓

黄小遐

十度相邀九度违,一逢恰是雨霏霏。
谈功每愧文章少,把盏何辞酒力微。
华发未悲搔更短,知交却恨见尤稀。
而今少问田园事,笑指腰肢渐已肥。

(选自 2018 年《诗刊》增刊·子曰第 3 期)

元旦回遂宁看父母有吟

彭光德

琐事缠身疏返乡,椿萱俱是满头霜。
一生饱受渔樵苦,几日不因儿女忙。
四季何曾分冷暖,三更犹在理蚕桑。
从今往后多相伴,莫使双亲思念长。

(选自 2018 年《诗刊》增刊·子曰第 3 期)

临江仙·书

何其三

别有动人魂魄处，能消苦恨忧烦。幽香缕缕绕心端。只因牵系你，不觉夜阑珊。

万丈红尘归一卷，悲欢交织其间。光阴着墨意无边。行行藏故事，页页是流年。

（选自 2018 年《诗刊》增刊·子曰第 3 期）

春　阶

李　静

伞放新花随雨开，风掀衣袂脚沾苔。
春阶千叠如琴键，又把流光弹一回。

（选自 2018 年《诗刊》增刊·子曰第 3 期）

程颢书院

焦浩渺

疏枝凝露雨新停，古院幽幽润气清。
无奈读书人已去，空听断续滴檐声。

（选自 2018 年《诗刊》增刊·子曰第 3 期）

登杭州湾跨海大桥观景塔

陈仁德

雄姿卓立信无双,绝顶登临俯大洋。
第一桥横天尽处,最高塔耸海中央。
冷风乱卷添惊惧,落日遥沉入浩茫。
安得凌空生羽翼,飘然长在水云乡。

(选自 2018 年《诗刊》增刊·子曰第 4 期)

老 兵

冉长春

解甲已多年,山中二亩田。
新闻南海事,五指又成拳。

(选自 2018 年《诗刊》增刊·子曰第 4 期)

村晚闻蝉

蒋世鸿

郊外长原独渺茫,小村依旧守孤荒。
晚来何事堪消得?一树蜩螗沸夕阳。

(选自 2018 年《诗刊》增刊·子曰第 4 期)

丁酉咏鸡贺岁

闫 震

村卧林飞不改名，凛然大将立高坪。
天公纵许阴霾布，敢唤人间第一声。

（选自 2018 年《诗刊》增刊·子曰第 4 期）

戊戌正月初八返京机上偶成

宫瑞龙

小窗僵坐意非佳，倦眼忽开天一涯。
几点墟连田字格，数重山涌水纹沙。
日悬莽野谁为主？雪掩玉京何处家？
霭霭九州如可扫，风云直泻手中茶。

（选自 2018 年《诗刊》增刊·子曰第 4 期）

示 儿

刘 斌

通衢鱼鸟乱纵横，落日苍茫括大城。
莫倚高楼笑棚户，高低一一是苍生。

（选自 2018 年《诗刊》增刊·子曰第 4 期）

凉州（今武威）

李树喜

大漠长廊一望中，晨星晓月趁西风。
胡笳落日焉支秀，踏燕腾云汗马红。
酒作甘泉醉今古，诗携花雨唱西东。
天时地利民生息，更展文功与武功。

（选自2018年《诗刊》增刊·子曰第4期）

江　西

李树喜

高阁滕王著妙章，湖口吞吐壮鄱阳。
携来老表英雄气，风卷红旗耀井冈。

（选自2018年《诗刊》增刊·子曰第4期）

下篇　新诗

一九五七年

在智利的海岬上
——给巴勃罗·聂鲁达

艾 青

让航海女神
守护你的家

她面临大海
仰望苍天
抚手胸前
祈求航行平安

一

你爱海，我也爱海
我们永远航行在海上

一天，一只船沉了
你捡回了救命圈
好像捡回了希望

风浪把你送到海边
你好像海防战士
驻守着这些礁石

你抛下了锚
解下了缆索

回忆你所走过的路
每天瞭望海洋

二

巴勃罗的家
在一个海岬上
窗户的外面
是浩淼的太平洋

一所出奇的房子
全部用岩石砌成
像小小的碉堡
要把武士囚禁

我们走进了
航海者之家
地上铺满了海螺
也许昨晚有海潮

已经残缺了的
木雕的女神
站在客厅的门边
像女仆似的虔诚

阁楼是甲板
栏杆用麻绳穿连
在扶梯的边上
有一个大转盘

这些是你的财产：

古代帆船的模型
褐色的大铁锚
中国的大罗盘
（最早的指南针）
大的地球仪
各式各样的烟斗
和各式各样的钢刀

意大利农民送的手杖
放在进门的地方
它陪伴一个天才
走过了整个世界
米黄色的象牙上
刻着年轻的情人

穿着乡村的服装
带着羞涩的表情
像所有的爱情故事
既古老而又新鲜

手枪已经锈了
战船也不再转动
请斟满葡萄酒
为和平而干杯！

三

房子在地球上
而地球在房子里

壁上挂了一顶白顶的

黑漆遮阳的海员帽子
好像这房子的主人
今天早上才回到家里

我问巴勃罗：
"是水手呢？
还是将军？"
他说："是将军，
你也一样；
不过，我的船
已失踪了，
沉落了……"

四

你是一个船长？
还是一个海员？
你是一个舰队长？
还是一个水兵？
你是胜利归来的人？
还是战败了逃亡的人？
你是平安的停憩？
还是危险的搁浅？
你是迷失了方向？
还是遇见了暗礁？

都不是，都不是，
这房子的主人
是被枪杀了的洛尔伽的朋友
是受难的西班牙的见证人
是一个退休了的外交官

不是将军。

日日夜夜望着海
听海涛像在浩叹
也像是嘲弄
也像是挑衅

巴勃罗·聂鲁达
面对着万顷波涛
用矿山里带来的语言
向整个旧世界宣战

在客厅门口上面
挂了救命圈
现在船是在岸边
你说："要是船沉了
我就戴上了它
跳进了海洋。"

方形的街灯
在第二个门口
这样,每个夜晚
你生活在街上

壁炉里火焰上升
今夜,海上喧哗
围着烧旺了的壁炉
从地球的各个角落来的
十几个航行的伙伴
喝着酒,谈着航海的故事

我们来自许多国家
包括许多民族
有着不同的语言
但我们是最好的兄弟

有人站起来
用放大镜
在地图上寻找
没有到过的地方

我们的世界
好像很大
其实很小

在这个世界上
应该生活得好

明天,要是天晴
我想拿铜管的望远镜
向西方瞭望
太平洋的那边
是我的家乡
我爱这个海岬
也爱我的家乡

这儿夜已经很深
初春的夜晚多么迷人

五

在红心木的桌子上
有船长用的铜哨子

拂晓之前，要是哨子响了
我们大家将很快地爬上船缆
张起船帆，向海洋起程
向另一个世纪的港口航行……

1954 年 7 月 24 日晚初稿
1956 年 12 月 11 日整理

（选自 1957 年 1 月号）

西安赠徐迟

冯 至

你来自西南，我来自西北，
明天我们又要各自西东；
飞机场上皎洁的明月
照耀着我们偶然的相逢。

你说，西南有多少美妙的歌舞，
凉山在转变，它忽然跨过两千年；
我说，西北的宝藏多么丰富，
矿石在山里，故事在人民的口边。

金沙江的水，大戈壁的沙，
都在我们的心里开了花。

这里我们没有他乡的感觉，
我们到哪里，哪里是我们的家。

我们为了偶然的相逢欢喜，
却不惋惜明天的各自东西；
只觉得我们处处遇到的
是新的诗句，是美的传奇。

1956. 8. 17 西安飞机场

（选自 1957 年 1 月号）

在毛主席那里做客

臧克家

一封信吹起了一阵猛烈的风，
每一颗心像鸣报喜讯的一口洪钟，
这封信，它的分量抵得上千金重，
触动它一下，也要把手放得很轻，很轻，
它来了，它终于来了，
写它的那只大手呵，
写下了多少辉煌的大作，
成了真理的星座
永恒地照耀在人类的上空。
我们彼此小声地议论着
这一件神秘而又重大的事情，
消息却像多嘴的鸟儿，
霎时间飞遍了半个北京城。
你说这可不有点奇怪？这个信封

居然装得下那么多的瑰丽诗篇，
那些气势奔腾的诗句，
装下它们需要一个广大的空间。
《诗刊》呵，你这个尚未出世的婴儿，
一个伟大的兆头已经预言了你远大的前程，
明柱似的诗句一行又一行，
将支起一座神圣美丽的诗的殿堂。
在激情稍稍退潮的时候，
我静静地躺在床上，
仔细地估量着这封来信的意义，
深心里茁出了一个诗意的幻想：
大雪后的景色多么可爱，
眼前不就是"咏雪词"里的世界？
是呀，大自然给人布好了一个诗的意境，
会不会突然接到一封邀请谈诗的函件？
我想起了列宁读了玛耶可夫斯基的诗句，
称他为当代最伟大的天才，
斯大林微笑着倾听高尔基朗诵诗的情景，
又生动活泼地映到我的眼底来，
我会不会也有这样的幸运？
我会不会也有这样的一个时刻？
我虽然是一个渺小的诗人，
骑上幻想却可以任意驰骋，
幻想，这仅仅是一个幻想吗？
这，我还不能这么承认……
日子像连环。下午三点钟。
一个突然而来的电话代替了我幻想的信。
当幻想变成了真实的那一刻，
我几乎又有点不大敢相信。
这宝贵的时刻，

这下午三点钟，
我恰好没有出门，
好像在专候这个召唤的佳音。
坐上汽车还嫌它太慢，
如果是匹马，我一定频频在它背上加鞭，
玻璃窗外的景色我看过了千遍万遍，
今天过路的时候我仿佛第一次看见。
在一个宽敞的厅堂里我们握住了他的手！
这只手，我曾经紧紧地握过，
这只手呵，握它一下，
成为多少人终生的最高心愿。
在这间有名的会客厅里，
他接待过多少贵宾，
多少重大的事件曾经在这里讨论，
今天呀今天，坐在它光明的一角上，
一个"赢得了新中国的伟大诗人"，
在招待另外两个写诗的人。
我们谈诗，谈百花齐放……
话题像活泼的小鸟，
它不停留在一棵树枝上，
谈论着庄严重大的事件
像谈说家常，
烟丝杂着笑声，
政治主题也放射着诗的光芒。
他的话，句句是宝石，
吐出口来却是那么轻便，
好像事先并没有想到，
扯起它们只是为了随意聊天。
他的心像海洋，
他的话是轻快的波浪；

把地毯变成了一片草地——
窗外透过来雪后的阳光，
大块玻璃屏风上那银白鸟儿，
倾听我们谈话听得出了神，
高大的四壁，悄悄地站在那里，
替这一席谈话忠实地录音。
你听见过，站在天安门上
他那震动世界的呼声，
闲谈的时光，他的音流像春水溶溶，
解除了我们的拘谨，
使我们觉得，自己是在
和一位密友促膝谈心。
时间只一闪，
快乐有它的极限。
在握手告别的时候，
许多话题突然来撞心胸，
走出这庄严温暖的厅堂，
白皑皑的雪色诗意一般浓。

1957年1月21日于北京

（选自1957年2月号）

漓 江

蔡其矫

上面是青色的长缕的云，
左右是陡立的绿色的山，
下面一条浅蓝的江透明如水晶。

而水底闪烁着彩色的卵石，
仿佛为这青绿色的世界
铺就一条鲜花的大道。

一叶扁舟悄悄地划过，
把倒映在水里的晴岚翠色
散作万千的金圈和银丝
颤动在蓝天里。

青烟，苍岩，碧树，
全抹上一片晶莹的水光，
那使人倾心的明亮清辉
也活在牧童和村女的眼里。

山水有着自己的贡献，
它总是以永不衰退的美丽
把人的理想推向更高处。

在这里，在蓝色的漓江上，
那最能启发人的
就是灵魂的透明和纯洁。

（选自1957年3月号）

去锡林浩特

吕　剑

我们在草原上远航，
青茂的草是海的波涛。
我们伸出了手指，
采撷着草的尖梢，
那些露水沾在手上，
多么清凉多么晶莹。
碧绿的荡漾的草浪，
像飘落的一匹软缎；
太阳升到中央照耀，
草原格外明光闪烁。
我们头上，插满了
各种不知名的鲜花，
人人都戴上了花环，
像婚宴上的少女少男。
轻风吹拂，飘散着
芳草和鲜花的清香，
我们浑身扑满了花粉，
蜜蜂就来在身上停留。
我们的歌，融化在
透明温和的空气里，
伴随着云雀的翅膀，
在草原的上空飞翔。
我们直接和大自然
用无声的语言谈心：
收下我作你的儿子吧，
我哪里也不想去了！……
金红的夕阳煦照之后，

夜色渐渐地降临了，
草原上的一切一切，
都将暂时悄悄隐藏，
但像奇异的仙境一般，
就在那暗蓝的背景上，
忽有一个港湾出现，
繁星万点，一片灯火——

"锡林浩特！"
"锡林浩特！"

（选自1957年3月号）

小 镇

徐 迟

一

一阵香味的飘浮，
只要闭上眼睛一嗅，
便知是我的小镇；
那样熟悉的香味，
童年起就习惯它，
忘不了它，离不了它，
像记忆诉说无穷尽，
那是我的小镇的香。
那是午炊的香味，
饭釜上的香粳米，
夹进炖梅干菜的浓香，
烧稻草的灶里的烟熏味。

那是河水的香味,
带着一股草腥气。
那是网船上的鱼蚌河泥,
桐油味的货船装的山货味。
那是雨后温暖的水蒸气,
充溢着肥沃的土壤味,
酱园里的酒糟气,
糖食店里的蜜饯香。
那是古屋中的潮湿的霉味,
院子里月季花的沁香。
油菜花、秧苗,田野的香,
还有那园林,芳气袭人,
我急于吸入它们,
使充满我的胸腔,
又吝惜于吐出它们,
什么还更醉人?

二

啊,小镇,环镇五六里,
有灶烟几千家
和几千家沉入水中的倒影。
它们抖动了又抖动,
摇晃了又摇晃,
它们散开了又聚合,
聚合了又散开,散开。
啊,到处是小河的小镇,
小河像剪刀一样
曲折剪开小镇,剪碎了它。
啊,到处是小桥的小镇,
小桥像针线一样,

又把小镇缝合在一起。
好像不流的小河在流，
好像闪动的小镇不动。
明亮的阳光照小河，
小河披上一身金鳞。
波光映到白帆上，
映到桥板和桥洞中，
映到屋檐下，照彻两岸，
笼罩小镇全部。
于是小镇又抖动了，
摇晃了，如散开，如聚合。

三

小镇里响起一片市音，
它有条嘈杂的街。
此刻店门大开，摊头摆满，
挑担来的沿街排列，
街头人群，拥挤不堪。
他们都在赶早市：
一片鼎沸的人语声。
卖主和顾客在论争。
面馆里敲响铁锅声。
叫卖的人有嘹亮的歌喉，
他们歌颂他们的货品，
也只有歌声能超过语声之上：
一种歌声赞美鲲鱼，鲭鱼，鳜鱼，
它们在椭圆木桶中怡然游泳。
另一种赞美蜷毛的湖羊，
另一种，莴苣笋，芥兰菜，莼菜。
荠菜的叫卖声最尖细，

那旋律的优美使人听得出神。
篮中的鸡蛋虽沉默不言,
它们的价格也被谱上音符。
淡黄色的鸭群在街角,
发出了噪聒的大合唱。
毛猪行里嘶叫得应天响,
最使这条街显得繁荣,
市河里传来了小火轮的汽笛,
声声欸乃的橹声。
吃早茶的农民坐满茶楼,
茶楼一早晨卖百把壶茶。
他们围着八仙桌谈天,
还像隔开两道阡陌呼唤。
忽然一个姑娘拉扯你衣袖。
用那清脆的乡音,
问你要不要鲜鲜竹笋?

(选自 1957 年 6 月号)

鞍山行

公 木

我把组织部的介绍信揣在内衣的口袋里,
像一只巨大的手捂住我突突跳的心口。
肃肃然走出东北局大楼长长的走廊,
我看见门岗同志黑色的眼睛里闪着油光。

太阳从密排的街树梢上探过头,
满脸淌着大汗向我热烈地招手。

花花绿绿喜气洋洋的拥挤的人群，
踏着大秧歌的舞步迎面走来。

汽车低吼，电车高鸣，马拉车发出辚辚的声响，
还有那铿锵地敲着铜锣的颜色鲜艳的货摊，
以及嘈杂的叫贩和音调清脆柔和的卖花女郎，
为我欢乐地合奏一阕祝贺的乐章。

是的，螺丝钉！——无论摆在什么部位，
都一定镟得紧紧的，牢固、坚实。
运转着的整部机器发出呼隆呼隆的声音，
都将给它以震荡，并引起金属的回应。

但是，我仍然这样兴奋，这样激动——
当我修满了两头沉和皮转椅的苦功，
当我结束了黑砚池和蓝墨水的航行，
当我绕出了以黑板和书橱砌成的无尽长的胡同。

啊，我沿着宽广的大街行进，
瞪起眼睛望着前方，
像一个第一次走近校门的刚满学龄的儿童，
像一个驰赴婚宴的年轻的新郎。……

是谁嘘着温暖的气息低唱在我的耳根：
快些再快些！迈开五尺长的阔步，
奔向前去啊，以你的全部爱情和忠诚！
在那里，火热的心和钢铁正一齐沸腾。

面对任何困难，挽起袖子来！
锤炼，才能发出声音和光采。

而你,也将像钢铁一样灼热,
而你,也将像钢铁一样鲜红。

挥起十丈长的铁扫帚,
扫掉那一层层的结在记忆中的蜘蛛网,
连同那些粘在网上的发霉的尘土,
都彻底打扫净光!

那些由于自私而变矮的人形,
那些由于忌妒而歪斜的眼睛,
那些由于猜疑和作伪而患梦游症的灵魂……
像泼掉一盆泛着肥皂沫的洗脸水,滚它们的吧!

你理应骄傲,而且感到幸福,
因为你生长在毛泽东的太阳普照的国度。
当人民的理想已经化作彩霞从东方升起,
降落在花枝和草叶上的夜霜哪能不消融?

头上洒满阳光,高高挺起前胸,
我听着这亲切的低唱伴着那祝贺的乐章。
这歌声越唱越嘹亮,越唱越激昂,
最后它变成一阵飓风把我卷上天空。

我脚下像踏着厚厚的厚厚的浮云,
我的心口突突地突突地跳着。
我伸手插进内衣的口袋里,摸了又摸
那被胸脯熨得发烫的组织部的介绍信。

(选自 1957 年 6 月号)

一九五八年

正 月

林 庚

蓝天上静静的风呀正徘徊
五色的花蝴蝶工人用纸裁
要问问什么人到过庙会去
北京的正月里飞起风筝来

(选自 1958 年 2 月号)

寄白云鄂博

李 季

我站在镜铁山顶,
展眼向东方看望。
我要把一封信儿,
请苍鹰投到蒙古草原上。

信儿要投到白云鄂博;
要投到那繁荣的钢铁大街。
就说它们的一个将要出生的兄弟,
向它们祝贺春节!

嘉峪关外大野茫茫,
这儿将是我出生成长的地方。
我的邻居将是数不清的年青城市,

下篇　新诗

还有那屹立在祁连山下的玉门油矿。

我还没有出生，
你就开始长成；
当我呀呀学语，
你就要为祖国歌唱。

我们的大哥哥——鞍山，
已经为祖国立了功勋。
武钢和你，
也将要迎头赶上。

比起你们来，
我的年纪最轻；
亲爱的哥哥请相信我，
我决不会损害咱们钢铁弟兄的光荣。

听见没有
那气薄河山的壮言？
我的心跃跃欲动，
我真想即刻下山大干一番。

咱们兄弟四个，
分住在东南西北四边。
让咱们燃起熊熊的钢铁之火，
映红祖国的地和天。

那时候，我和你，
大戈壁和蒙古草原，
将要用烟囱作喇叭筒，

向那颗伟大的心灵汇报说：
我们胜利地实现了你的预言！

（选自 1958 年 4 月号）

三门峡——梳妆台[①]

贺敬之

望三门，三门开：
"黄河之水天上来"！
神门险，鬼门窄，
人门以上百丈崖。
黄水劈门千声雷，
狂风万里走东海。

望三门，三门开：
黄河东去不回来。
昆仑山高邙山矮，
禹王马蹄长青苔。[②]
马去"门"开不见家，
门旁空留"梳妆台"。

梳妆台呵，千万载，
梳妆台上何人在？
乌云遮明镜，
黄水吞金钗。
但见那：辈辈艄公洒泪去，
却不见：黄河女儿梳妆来。

梳妆来呵,梳妆来!
——黄河女儿头发白。
挽断"白发三千丈",
愁杀黄河万年灾!
登三门,向东海:
问我青春何时来?!

何时来呵,何时来?……
——盘古生我新一代!
举红旗,天地开,
史书万卷脚下踩。
大笔大字写新篇:
社会主义——我们来!

我们来呵,我们来,
昆仑山惊邙山呆:
展我治黄万里图,
先扎黄河腰中带——
神门平,鬼门削,
人门三声化尘埃!

望三门,门不在。
明日要看水闸开。
责令李白改诗句:
"黄河之水'手中'来!"
银河星光落天下,
清水清风走东海。

走东海,去又来,
讨回黄河万年债!

黄河女儿容颜改，
为你重整梳妆台
青天悬明镜，
湖水映光彩——
黄河女儿梳妆来！

梳妆来呵，梳妆来！
百花任你戴，
春光任你摘，
万里锦绣任你裁！
三门闸工正年少，
幸福闸门为你开。
并肩挽手唱高歌呵，
无限青春向未来！

① 三门峡下不远，有巨岩，如梳妆台状，故名"梳妆台"。
② 三门之一"鬼门"岩上，有石坑，状如马蹄印，相传为大禹跃马遗迹。

（选自 1958 年 5 月号）

一九六一年

芭蕾舞素描

陈敬容

　　一九五九年十月,乌兰诺娃来北京参加我国庆十周年盛典,并多次公演巴蕾舞,盛况空前。

是空中飞舞的羽毛?
是海面飘浮的水藻?——这般轻盈!
　　万千种形态都被你摄取,
　　　忽而像流水,忽而又宛若行云。

你舞姿凝定的一瞬,
仿佛最美的雕像抽去了重量;
　　你每一次高举、轻飏,
　　　衣裙飘散着柔和的芬芳。

欢乐在你的舞步里笑出了声音,
　　青春、美梦,纯真的爱情,
为理想而高歌,同死亡的搏斗,
　　一袭轻纱顿时间重似千斤。

当你的双臂微颤地垂下,
　　眉宇间又载着多少悲伤;
你足尖的一扬,手指的一点,
　　组成无声的乐章,无字的诗行……

扑着雪白的、雪白的翅膀，
越过西伯利亚，来到节日的北京，
你还要飞向大小城市、工厂、农村，
把美和友谊带给跃进的人民。

（选自 1961 年第 3 期）

一九六二年

乡村大道

郭小川

一

乡村大道呵，好像一座座无始无终的长桥！
从我们的脚下，通向遥远又遥远的天地之交；
那翠玉栏杆般的高树呀，眺不尽绿野上的万顷波涛。

哦，乡村大道，又好像一根根金光四射的丝绦！
所有的城市、乡村、山地、平原，都叫它串成珠宝；
这一串串珠宝交错相连，便把我们的锦绣江南缔造！

二

乡村大道呵，也好像一条条险峻的黄河！
每一条的河身，至少都有九曲十八折；
而每一曲、每一折呀，都常常遇到突起的风波。

哦，乡村大道，又好像一道道干涸的沟壑！

那上面的石头和乱草呵，比黄河的浪涛还要多；
古往今来的旅人哟，谁不受够了它们的颠簸！

三

乡村大道呵，我生之初便在它上面匍匐；
当我脱离了娘怀，也还不得不在上面学步；
假如我不曾在上面匍匐学步，也许至今还是个侏儒。

哦，乡村大道，所有的山珍土产都得从此上路，
所有的男男女女、英雄志士，都得从此出出入入；
凡是前来的都有远大的前程，不来的只得老死狭谷。

四

乡村大道呵，我爱你的长远和宽阔，
也不能不爱你的险峻和你那突起的风波；
如果只会在花砖地上旋舞，那还算什么伟大的生活！

哦，乡村大道，我爱你的明亮和丰沃，
也不能不爱你的坎坎坷坷、曲曲折折；
不经过这样的山山水水，黄金的世界怎会开拓！

1961年11月初稿于昆明，
1962年6月改于北京。

（选自1962年第4期）

一九七七年

应该有一双铁人的眼睛

曲有源

同志们呵,
请想一想:
当铁人看见
祖国的汽车
拖着煤气包
在长安街走动,
他当时
是怎样的心情?

假如我们每个人
都有一双铁人的眼睛,
我们就能
在每一项科研项目里
打出一口口"争气井"!

(选自 1977 年 10 月号)

采花椒

刘 章

花椒熟了,红得像火,
火的树,火的山,火的云朵。
听!一把把剪刀在火里响,

看！一团团火焰在掌上托。

火红的马儿火红的缨,
火红的鞭梢催动胶轮车。
要问：为什么收成这样好？
火红的年代才有火红的收获！

火红的心，火红的歌,
把火热的情感送遍全国,
看调料在城乡大量畅销,
丰富了人民的香甜生活！……

九月里，公社花椒红满坡,
迎国庆，七百里燕山放焰火！

（选自 1977 年 11 月号）

一九七八年

一九七八年的春天

李 瑛

当残雪溶化，枯草间露出一丝鹅黄,
我听到蓬勃的春天在那里歌唱,
又一阵暴风雪已经过去,
天空射下灿烂的阳光。

无论是九天惊雷，还是春潮汛涨,

都抵不过我们战斗生活的喧响；
听，一粒粒萌生的种子在召唤明天，
千山万水间，呈现出何等繁忙的景象！

一切是这样动人，满含生机，
一切是这样富于理想和力量，
一切是这样无愧于伟大的时代和祖国，
呵，每分每秒，都充满热，都充满光！

（选自 1978 年 2 月号）

阳光，谁也不能垄断

白　桦

"我们要思想再解放一点，
胆子再大一点，
办法再多一点，
步子再快一点。"
多么热诚而迫切的希望，
多么准确而深刻的语言。

我们伟大的祖国，
前进的路上还有那么一点阻拦；
那是怎么样的一点呢？
看！窗外正是明媚的春天，
快捅破与世隔绝的窗纸吧！
就需要那么一点。

一点就破呀！

百花盛开，阳光灿烂；
我们的前景是那样美好，
原来就在一纸之隔的眼前！
那时我们再回顾身后狭小的四壁，
会感到多么局促和难堪。

我们就像蜷伏在蛋壳里的鹰，
苏醒了的鹰怎么能容忍窒息和黑暗？！
成长着的血肉之躯必须冲破束缚，
现状已经不能使我们羽翼丰满。
听！我们正在用嘴敲响通往蓝天的门，
就需要那么一点！

一点就破呀！
云海茫茫，太空蔚蓝，
我们的翅膀原来可以得到那么强大的风，
就在这透明的薄壁外边；
再使点劲就冲破了！
我们就会有一个比现在无限大的空间。

我们像喷射出来的泉水，
却滞留在群山之间；
枯枝、败叶挡住了我们的去路，
正孕育着奔放的追求和冲锋的勇敢；
微波正在腐朽的堤岸上寻找着缺口，
就需要那么一点！

一点就破呀！
大地辽阔，原野漫漫。
我们会对自己的力量感到震惊，

摧枯拉朽，一往无前！
只要再推动一下，
静静的积水立即会变成万里狂澜。

人类有过无数次跃进，
每一次都需要先突破一点。
当我们钻木找到第一颗火星，
我们很快就有了大规模的冶炼；
就出现了干将莫邪，
就锻制出削铁如泥的宝剑。

当我们在土洞前用手挖掘了一条水沟，
华夏很快就治理了洪水泛滥；
就出现了大禹王和他的子孙，
他们在大地上画出了山、水和农田；
从天上来的滔滔黄河，
成了哺育我们伟大民族的摇篮。

"帝王宁有种乎！"
陈胜在茫茫大泽之中登高一喊；
赤地千里揭竿而起，
梁山扎寨，闯王登上金銮，
一颗颗金刚石般的头颅，
把屠刀的刃锋碰卷。

压迫——反抗——屠杀，
一直继续了三千多年；
毛泽东提着一盏油灯，
开始照亮了一个山冲——韶山；
他寻找着拯救中国的道路；

他找到了那决定性的一点。

把马列主义的普遍真理,
和中国革命实践相结合;
敢于用中国革命实践去检验马克思、列宁,
又敢于请马克思、列宁来指导中国革命实践;
就那么一点,是的,就那么决定性的一点!
星星之火瞬息燎原。

我们的旗帜一展开就成为列强轰击的目标,
毛泽东面对着的是整个亚洲的黑暗;
还有几个"百分之百的布尔什维克",
把毛泽东思想判为异端;
他们用豪言壮语去攻打大城市,
用精装的书本去抵挡炮弹。

红军不得不忍痛告别哭声震天的苏区,
被迫去冲击两万五千里雄关;
当我们的旗帜在长征中重新举起的时候,
她在人民心里又增添了千百倍光焰;
我们跟着她杀出了一个人民共和国,
在烈士鲜血浸透的土地上开垦良田。

六十年代、七十年代出了个"四人帮",
老问题又酿成一场新灾难;
种田,用口号代替灌溉;
炼钢,用语录充当焦炭;
像巫婆那样装神弄鬼,
亿万架机床整整空转了十年!

他们把毛泽东思想任意剪裁，
随心所欲地糟践；
把上一句当作他们的护身符，
把下一句当作私刑的钢鞭；
闭着眼睛抽出任何一句都能为他们所用，
梦想踏着毛主席著作爬上女皇的圣殿。

用无止境的假"左"运动群众，
用无边际的谎言维持局面；
告密、跟踪、追捕，
儿童为了自卫都学会了表演；
"四人帮"毁了我们一代人的青春，
谁说……谁说只是十年？！

虽然人民已经把"四人帮"判了死刑，
他们身上的细菌还在空气中扩散；
无论好人还是坏人，
都可能受到传染；
有些人习惯性的神智不清，
把地球的正常转动看成天塌地陷。
有些人以真理的主人自居，
真理怎么能是某些人的私产！
他们妄想像看财奴放债那样，
靠讹诈攫取高额的利钱；
不！真理是人民共同的财富，
就像太阳，谁也不能垄断。

正因为真理对人民有用，
人民才有权让真理接受实践的检验；
人民有权在实践中鉴定真理，

充实它，让它和人类社会一起发展。
是渣——怕火也没用，
是钢——怕什么千锤百炼。

旗帜的真正捍卫者是人民，
人民为了保卫旗帜白骨堆成山；
人民为了保卫旗帜鲜血流成河，
谁也无权自任掌旗官！
试看那个自命为旗手的江青，
不是已经成为永世的笑谈了吗？！

"我们要思想再解放一点，
胆子再大一点，
办法再多一点，
步子再快一点。"
为了飞翔，为了奔腾！
我们一定能突破这决定性的一点……

（选自1978年12月号）

一九七九年

现代化和我们自己
——写给和我一样对"四化"无知的人们

张学梦

一

当然不能说
　　苦恼是欢乐的孪生兄弟。
可是，就在我们给现代化建设剪
　　彩的最欢乐的时刻，
苦恼也悄悄地占据了
　　我心房的一隅。
望着
　　我们宏伟的目标，
我突然感到
　　精神的苍白，
　　　　肺腑的空虚。
仿佛我是腰佩青铜剑的战士，
　　瞅着春笋似的导弹发呆；
仿佛我是刚刚脱掉尾巴的
　　森林古猿，
茫然无知地
　　翻看着四化的图集。
我苦恼
　　知识库房的
　　　　贫困，
脑海里

那几毫升文化之水,
已经濡不湿龟裂斑斑的
　　干涸基底。
"什么是现代化?
你能为她干些什么?
你掌握着哪一种科学武器?……"
难道能这样地响亮回答——
　　"我无知。"
相信吧
　　这是一条生硬的淘汰法则,
相信吧
　　这是一条无情的进化规律:
跟上队伍的
　　一同前进,
掉队的
　　终被丢弃。
怎能设想
　　叫奔驰的时代列车
　　　　停下来,
再等你
　　半个世纪?!
问题是尖锐的,
　　谁也不能回避!
那么,思考这个问题吧,
　　现代化和我们自己。

二

党的十一届三中全会公报
　　响起新颖的汽笛,

她像历史唯物主义的新篇
　　　　　豁然把我启迪：
过去的
　　　已经刻写在
　　　　　　纪念碑上，
辩证法
　　　很自然地，
　　　　　淘汰着过去。
向前看吧！
　　　重要的永远是现实和未来，
任何东西都会陈旧的——
　　　　知识、经验、生命、荣誉……
为了获得永不衰竭的力量，
　　　必须不断地把新的营养汲取。
我读着公报，
看见一扇布满铆钉的大门
　　　吱呕呕打开，
灿然展现出
　　　四化远景的壮丽；
看见公报上的铅字
　　　突然向我飞来，
飞来一片陨石雨般的问题：
"你将怎样去实现新时期总任务？
　　　你用什么去推动社会生产力？
思想的银燕有没有从额顶起飞？
　　　臀上小生产的胎迹有没有擦去？
你能看懂四个现代化的蓝图吗？
　　　哪些科学家头像是时代的标记？
你认识电子、核糖核酸和数吗？
　　　你掌握哪些先进的生产技艺？

你能飞跃吗?
　　　一秒钟几公里?
你懂得几种语言?
　　　能驾驭哪些客观规律?
……

只有革命的热情?
　　　只有发达的肱二头肌?
已经不够了！很不够了呀……"
是的，我知道！
请放心吧，我不畏惧
　　　这些陌生的课题,
现代化建设需要的新知识,
　　　我决心去获取！
为了不成为永久的傻瓜,
　　　为了能担起历史责任,
我——
　　　学习。

三

一间破旧简陋的小屋
　　　冒着沥青的有毒烟气,
这里埋藏着
　　　科学的双星——
居里夫人和居里。
他们在干些什么?
　　　不知疲倦地搅拌着
　　　　　矿渣,
像一对
　　　古罗马的奴隶。
你知道吗?

　　　　那把打开原子时代大门的钥匙
就是从那几十吨矿渣
　　　和他们的心血中
　　　　　提取。
怎能不赞美
　　　那水晶一样透彻的心灵？
　　　　那创造性的艰苦劳动？
　　　　　那锲而不舍的毅力？
同志，当你需要一个科学的灯塔、
　　　当你需要榜样的时候，
我建议
　　　向居里夫妇
　　　　　学习！
不学无术不过是清醒的白痴，
　　　炫耀愚昧粗野早该受到鄙夷，
浮到现代科学文化的水平线上来吧，
　　　别像沙蚕似的匍匐海底。
祖国的四个现代化刚刚起步，
　　　愿我们都能和她并驾齐驱。
人的现代化容易吗？
这可不能比作
　　　换换帽子或衬衣，
哲学上
　　　进是个痛苦的扬弃过程，
如同一只第四纪的猴子
　　　艰难地攀援着
　　　　　一道道进化的阶梯。
但是，
　　　和我一样吧，

满怀信心地跨上
　　　新的征途，
不承认自己
　　　是根朽木，
或是一只
　　　不能摆脱介壳的牡蛎。
投入四化的熔炉
　　　任其冶炼，
躺在铁砧上
　　　接受锤击。
我们可以造就！
只要实践那句能动的格言：
学习、学习，再学习。
当然，不是唱一阵高调了事，
　　　不是镀层金镍之类闪光的东西；
要像居里夫妇！像镭！
　　　而不要还是——
　　　　　精美包装过的——
　　　　　　　　垃圾！

四

也许，我说得
　　　过分严重了，
你看，我们的日常生活
　　　不是更加平和安谧？！
确实，这个转变
　　　既不像一块大陆的沉没，

也不像一条山系的隆起。
但是，我却感触到
　　这场静悄悄的革命
　　　　是多么深刻、
　　　　　　严厉。
我知道，我还必须
　　用几箱子药皂
　　　　把装心思的地方
　　　　　　彻底洗一洗；
铲除阴暗处的苔藓
　　和洪泛过后
　　　　沉淀的污泥。
像消灭霍乱杆菌
　　和梅毒螺旋体那样，
消灭
　　封建的、资产阶级的
　　　　低下心术，
用红色的三中全会公报
　　把全身的血液
　　　　重新过滤。
必须这样。
　　站在同志们中间
　　　　心灵不但充实活跃，
而且洋溢着
　　共产主义道德的纯正气息。
我知道，私生活
　　并不是个人的珊瑚礁。
像金属晶格似的

一幢幢宿舍大楼的
　　　　　　每个房间，
都上演着时代的戏剧。
家庭
　　　　这个摆着双人床，
　　　　　　小书架和碗橱的地方，
这里
　　　　你作为丈夫妻子，
　　　　　　父母和儿女，
不是中国式的山寨主，
　　　不是小恺撒，伊凡雷帝。
尽情地爱吧，
　　　像马克思燕妮那样
　　　　真挚而热烈，
为什么不可以倾诉缠绵的心曲？
为什么不可以欣赏盛开的雏菊？
四个现代化
　　　　不要求我们变成
　　　　　冰冷的"机器人"，
相反，
　　　她将使我们的情感
　　　　　更加丰富而细腻。
努力使自己现代化吧！
难道这不是一个
　　　烧着了眉毛的问题？
在二〇〇〇年的门栏上
　　　挂着这样一块木牌：
　　　　　　"愚昧无知的人勿进！"
是真的！是真的！！
　　　学习吧！！！

现代化的人们哪，
　　　　我赞美你。

（选自1979年5月号）

祖国呵，我亲爱的祖国

舒　婷

我是你河边上破旧的老水车，
数百年来纺着疲惫的歌；
是你额上熏黑的矿灯，
照在你历史的隧洞里蜗行摸索；
我是干瘪的稻穗；是失修的路基；
是淤滩上的驳船
把纤绳深深
勒进你的肩膊；
——祖国呵！

我是贫困，
我是悲哀。
我是你祖祖辈辈
痛苦的希望呵，
是"飞天"袖间
千百年来未落在地面的花朵；
——祖国呵！

我是你簇新的理想，
刚从神话的蛛网里挣脱；

我是你雪被下古莲的胚芽；

我是你挂着眼泪的笑涡；

我是新刷出的雪白的起跑线；

是绯红的黎明

正在喷薄；

——祖国呵！

我是你的十亿分之一，

是你九百六十万平方的总和；

你以伤痕累累的乳房

喂养了

迷惘的我、深思的我、沸腾的我；

那就从我的血肉之躯上

去取得

你的富饶、你的荣光、你的自由；

——祖国呵，

我亲爱的祖国！

（选自 1979 年 7 月号）

对一座大山的询问

边国政

也许，也许我自己过于急迫，

我问安源山：你为什么还在沉默？

祖国新生了——遍地是绿叶红朵，

思想解放了——到处是笑语欢歌。

拨乱反正，追本溯源，落实政策，
难道你没有沉冤要诉、委屈要说？

为了昭示后人，为了告慰死者，
补开追悼会，开了一个又一个；
为了尊重历史，为了坚持原则，
恢复名誉，工作做了很多很多。
井冈山已洗净那些胡勾乱抹，
洪湖水乡又唱起浪打浪的歌，
南湖上那条小船也添人加椅，
被冷落的挂甲屯也显出春色。
平江怒潮，陕北红缨，梅岭旗旌，
夜幕撕破了——历史顿现出绚丽本色；
百色惊雷，闽南狂飙，长白篝火，
禁区破除了——今天与昨天终于接合。
然而，安源山为什么无人提起呵——
你为什么至今仍然沉默？

多少万年的化石——还在探讨琢磨，
要找出进化的经纬，发展的纹络；
几千年的古尸——还在解剖分析，
要验证文明的足迹，历史的线索。
正熊熊燃烧着——中国革命的火，
最早的火星呵，如何点燃、闪烁？
正浩浩流动着——历史发展的河，
最先的溪流呵，怎样汇聚、奔波？
革命的征途呵，不无歧路、坎坷，
何曾有过空白呵，怎容随意分割；

进步的洪流呵，冲过险滩、阻隔，
哪是滚滚浪头呵，哪是滞流漩涡？
汉冶萍呵，谁走遍矿洞，播雷布火？
安源呵，谁教会"煤黑子"高唱《国际歌》？

提到安源，历史教科书该怎样编写呵，
不提安源，英雄纪念碑将如何镂刻？
虽然调色板上可随意涂抹，
历史的风景画却一笔也不许描错，
在林彪、"四人帮"乱涂过的画布上，
必须重新安排每一座山每一条河。
告诉我，安源山，请你告诉我：
今天，该怎样重新描画你的品格？
你曾经在国土上举足轻重，
你曾经在群山中声名赫赫，
你曾经拨动多少人的心弦呵，
你曾经牵动多少人的心窝。
践踏你，几个人登龙有术，
拥护你，多少人招来横祸！
有光有色，曾拴多少望穿的目光呵，
有灵有性，你系多少难安的魂魄。
安源山，即便你沉默一千年——
到一千零一年，也得把谜底揭破！

不应留下疑案，让后代上下求索，
不该遗下谬种，让子孙以讹传讹。
今天，一株被扭歪的小树也要扶正，

岂能容忍一座巍峨大山仍颠倒倾侧。
井冈山曾肩挨肩地称你"亲老表",
大别山曾手拉手地叫你"同志哥"。
快擦亮吧——矿工棚里亮眼的灯,
烧起来吧——俱乐部中暖心的火。
要知道,历史的记忆,埋没一千年——
到一千零一年,终究还要复活!

再现你松柏苍郁,杜鹃似火,
不是为了建座庙堂,香炉常设,
——让善男信女将心迹寄托。
还给你正名真身,一山秀色,
不是为了三跪九叩,添张供桌,
——让忠臣孝子来贴金粉塑。
昨天,你燃起工运的火,焚烧旧世界,
今天,祖国需要你,发出蕴藏的光热。

告诉我——安源山——请你告诉我,
为什么——安源山——你还在沉默?
看吕梁、太行……正对你翘首相望,
你不该仍这样溪泉凝咽、草木萧索……
你有什么心曲不好直言?
你有什么苦衷不便明说?
日月经天,大地上冷暖变易,
江河行地,浪淘尽沉渣浮沫。
行将就木的——由它衰败、死亡,
生机不灭的——必将开花、结果。

安源不重光，不能说天空已完全晴和，
安源不解冻，不能说祖国已满园春色。
我们盼呵，盼你峰峦映入群山的画屏，
我们盼呵，盼你溪流汇入长征的洪波。

安源呵，安源山，你不能再沉默，
把你的启蒙和觉醒，你的功和过，
以及屈辱和悲痛——难忘的一页，
如实地告诉全党全军全国。
快挣脱羁绊，雾霭中矗立起真身，
向世界、向历史宣告："这才是我！？"
然后，遥望北京，挨靠井冈，
把心中深藏的歌，唱入浏阳河……

一九七九年八月十八日
初稿，九月十五日改成

（选自 1979 年 12 月号）

一九八〇年

回　响

冀汸

我听到了，我听到了你们呼唤，
听到了怀念与信任，听到了友谊和温暖。
我们被隔开了：隔着山，隔着水，

隔着颠倒的岁月。
似乎隔得太久了吧？四分之一世纪！

不，那算不了什么的。
在历史的长河里，那不过是
无关轻重，难以计算分量的一星半点！
风吹雨打，只能把
灰沙卷走，污泥冲掉，
玄武岩会留下来，变成矗立的高峰。
它和云彩在一起，它同太阳更亲近。

我听到了，我听到了你们的呼唤，
听到你们到处寻访的足音。
日复一日，年复一年，我在干什么呢？
我从来没有停歇，一直在劳动，搬砖运瓦；
我从来没有喑哑，一直在歌唱，不过用的超声波；
我从来没有泄气，更谈不上绝望；
——那是懒汉的把戏，懦夫干的勾当！
我有一个不渝的信念：
黑夜的尽头是黎明，一定是黎明，
沸腾的海上，浮起绚丽的霞光。

我的模样变了吗？没有。
我还是你们记忆里的那个样子：
一头卷发，不过已经斑白；
一双深陷的鹰眼，不过有些老花；
还是容易激怒，说话不会拐弯；
苦难的历程使我老了，
但那颗跳动的心，还像从前一样年青。

寂寞吗？是的，我只是一个人。
我没有家，只有一处住所。
我唱完劳动号子，回到12平方米的房间，
又开始另一种生活——
读完一天收到的报纸、杂志，
听收音机报告南海喷出了原油……
何况伴随我的
还有画家笔下的花朵，翱翔长空的雄鹰，
还有司马迁，李、杜和辛稼轩……
还有巴尔扎克，契诃夫……

他们热情地向我介绍了许多人物：
有的可恨，因为那是渣滓，那是敌人；
有的我愿意亲近，很想同他们交谈。
莎士比亚介绍的
那个优柔寡断的哈姆雷特，我却想教训一顿！
屠格涅夫介绍的
那个夸夸其谈的罗亭，如果还在人世，我一定劈他两记耳光！
我倒确实欢喜塞万提斯介绍的
那个吉诃德先生，尽管傻头傻脑，但绝对真诚……
寂寞，我不怕！泥土里的种子
不就是在寂寞里萌芽，在寂寞里生长，又开花？
何况眼下的日子，正像收音机唱的那样：
《我们的生活充满阳光》！

我听到了你们的呼唤，这就是我的回答。
一匹伏枥老骥，已起步驰奔，
在新长征的行列里，紧跟前面飘扬的红旗。
我这回答，声音也许太轻微吧！
不要紧，我会在千山万壑中回答，

它将引起回响，一个回响接一个回响，
一声比一声更响，一声比一声更大。
战友们，你们都会听到它。

（选自 1980 年 1 月号）

月亮，月亮，请你告诉我
曾　卓

月亮天上走，
我在地下走，
月亮和我是好朋友。
月亮向我微微笑，
我对月亮招招手。

月亮月亮你下来，
没有桥，没有路，
你顺着月光的小河流下来，
来到我家大门口，
我敬个礼，拍拍手，
欢迎远方的好朋友。

月亮月亮，请你告诉我：
天上的云彩有多少片？
天上的星星有多少颗？
你在天上寂寞不寂寞？
你对大地低声唱的是什么歌？

月亮月亮，再请你告诉我：
哪儿的森林永不老？
哪儿的花朵开不败？
哪儿的少年比我们更快乐？
哪儿比我的祖国更可爱？

（选自 1980 年 5 月号）

我感到了阳光

王小妮

我从长长的走廊
走下去……

——啊，迎面是刺眼的窗子，
两边是反光的墙壁。
阳光，我，
我和阳光站在一起！

——啊，阳光原来是这样强烈，
暖得人凝住了脚步，
亮得人憋住了呼吸，
全宇宙的光都在这里集聚。

——我不知道还有什么存在，
只有我，靠着阳光，
站了十秒钟，
十秒，有时会长于一个世纪的四分之一。

终于，我冲下楼梯，推开门，
奔走在春天的阳光里……

（选自 1980 年 8 月号）

织与播

杨　炼

织

我的心在这里出现
当灵巧的手
　　轻轻飞起
像蝴蝶旋绕春天
当经线和纬线
　　交织伸展
在远方
变成嫩绿的苗垄和渠道
变成小路和散发幽香的山
变成风和树林、桥和船
变成孩子们的歌谣
和老年人的微笑
变成整齐的蓝色厂房
和荒野上新生的第一缕炊烟
变成劳动和幸福
——我的心在这里出现

织吧、织吧

把流泪的和欢欣的日子

织在一起
把结冰的和开花的季节
织在一起
把回忆和希望、悲哀和热情
织在一起
——织出我的心
织出代替叹息的歌声
织出玫瑰色的天空和弧形的地平线
生活就在这里重新开始
每个人的心上传递着昨天和明天

织吧、织吧

昨天每留下一丝黑暗
我们就要织出一个太阳
昨天每扯断一根纤维
我们就再织出一条丝绸之路
让光明和美
流遍大地，流向明天
把理想和旗帜织出来吧
把黎明的喜悦织出来吧
——我的心啊在这里出现
当纯洁的、可爱的
　　　露水
悄
悄
滴湿了时间……

播

我梦见：我是一片麦浪

成熟地摇动着千千万万个太阳
灼热的风也变得金黄
轻轻为我唱着一首
芬芳的歌
像老人的微笑那样柔和
像隐隐约约的祝福来自远方

　　把我的祈愿播下去吧
　　把我的爱情播下去吧

让我深深埋进温暖的土地
让我的血液与地下的河流融到一起
滋润在痛苦的日子里
渐渐干枯的心房
我是积蓄着生命的种子
绿色的火熊熊燃烧
我要举起嫩芽的手臂
伸向光、伸向大阳
——大地给了我战胜一切的勇气和力量
包括战胜冷酷的命运和死亡

　　把我的心灵播下去吧
　　把我的未来播下去吧

我骄傲：我和大地是这样亲近
即使冬天的冰雪遮暗了星星
我也相信春天、相信希望
相信经过艰难生长
而必然到来的收获
相信幸福和喜悦就在这坚贞里蕴藏

只有创造富足是我的责任
无论风暴过去或未来怎样抽打
我将用飘动在所有村庄上空的丰收之歌
吻合自己的创伤
然后,看着我的孩子们
欢笑,奔跑
　　去追逐新的梦想

　　把我的信念播下去吧
　　把我的誓言播下去吧

一九八〇年一月改于北京

（选自1980年8月号）

雪白的墙

梁小斌

妈妈,
我看见了雪白的墙。
早晨,
我上街去买蜡笔,
看见一位工人
费了很大的力气,
在为长长的围墙粉刷。

他回头向我微笑,
他叫我
去告诉所有的小朋友:

以后不要在这墙上乱画。

妈妈,
我看见了雪白的墙。

这上面曾经那么肮脏,
写有很多粗暴的字。
妈妈,你也哭过,
就为那些辱骂的缘故,
爸爸不在了,
永远地不在了。

比我喝的牛奶还要洁白、
还要洁白的墙,
一直闪现在我的梦中,
它还站立在地平线上,
在白天里闪烁着迷人的光芒,
我爱洁白的墙。

永远地不会在这墙上乱画,
不会的,
像妈妈一样温和的晴空啊,
你听到了吗?

妈妈,
我看见了雪白的墙。

（选自 1980 年 10 月号）

纪念碑

江 河

我常常想
生活应该有一个支点
这支点
是一座纪念碑

天安门广场
在用混凝土筑成的坚固底座上
建筑起中华民族的尊严
纪念碑
历史博物馆和人民大会堂
像一台巨大的天平
一边
是历史,是昨天的教训
另一边
是今天,是魄力和未来

纪念碑默默地站在那里
像胜利者那样站着
像经历过许多次失败的英雄
在沉思
整个民族的骨骼是他的结构
人民巨大的牺牲给了他生命
他从东方古老的黑暗中醒来
把不能忘记的一切都刻在身上
从此
他的眼睛关注着世界和革命

他的名字叫人民

我想
我就是纪念碑
我的身体里垒满了石头
中华民族的历史有多么沉重
我就有多少重量
中华民族有多少伤口
我就流出过多少血液

我就站在
昔日皇宫的对面
那金子一样的文明
有我的智慧，我的劳动
我的被掠夺的珠宝
以及太阳升起的时候
琉璃瓦下紫色的影子
——我苦难中的梦境
在这里
我无数次地被出卖
我的头颅被砍去
身上还留着锁链的痕迹
我就这样地被埋葬
生命在死亡中成为东方的秘密

但是
罪恶终究会被清算
罪行终将会被公开
当死亡不可避免的时候
流出的血液也不会凝固

当祖国的土地上只有呻吟
真理的声音才更响亮
既然希望不会灭绝
既然太阳每天从东方升起
真理就把诅咒没有完成的
留给了枪
革命把用血浸透的旗帜
留给风,留给自由的空气
那么
斗争就是我的主题
我把我的诗和我的生命
献给了纪念碑

（选自 1980 年 10 月号）

一九八一年

每天，我骑车穿过城市

刘湛秋

虽然天空没有鸟
但地上是欢乐的
虽然灰雾像低垂的布幔
但云上面的天空一定是蔚蓝
虽然路的两侧没有草坪
但也没有越不过去的栅栏
虽然讨厌的喇叭敲击着神经
但车上总是把建设的器材装满

虽然柜台后面的面孔不是全带微笑
但五光十色的商品依然能使人温暖
虽然自行车轮密得像梳头的篦子
仍能筛过笑声和女人的发香
如果能飘落北方少见的雨点
那准是大自然挤出葡萄的甜浆

一个光明彩色斑斓的世界
在我的车轮下转动
一张张各不相同、表情丰富的脸
在我眼睛的湖水中跳荡
无论是快活的，还是愁眉不展的
无论是美貌的，还是多皱纹的
都充满着人的魅力
都闪动着生命的光芒

啊，就是做梦
也不要梦见掉进沙漠
或跌进看不见人的古井
啊，我要这世界——给我们
一万个热热闹闹的生活

（选自 1981 年 3 月号）

富春江上

辛　笛

来的时候晚了，
富春已是一幅秋江，

夕阳下满山枫叶满江红。
好开阔的水面啊，
一洗城市的烦嚣自我心中；
雾气伴着暮霭冉冉升起，
辨不出远近西东；
原来虎踞在对岸的大山，
蓦然间扑入眉宇而来，
有的说是只大象，有的说是只棕熊！

遥夜沉沉雾重，
两三渔火点破迷蒙，
咿呀的橹声人声，
随着船身人影起落寒空；
热腾腾的汗水
拌着熟练身手的从容，
换来了满网的鱼虾，
满船的喜悦，笑对残月如弓。

休论地老天荒，
人间自有英雄，
无心于钓台怀古，
总有一天机械化捕鱼，
不再是遥远的一场春梦！

（选自1981年4月号）

一个裕固族姑娘

唐 祈

姑娘刚落地时,母亲的忧虑啊
像湿柴焖的一缕缕黑烟;
悲伤的眼泪像瓦檐上的雨
整天整夜流不断线……

姑娘长大了,声音却比蜜甜,
像鸽哨系在飞鸽的翅膀里;
她唱得太阳不愿落西天,
歌声能把草原从月光下托起。

命运的风把她吹送到北京,
玻璃般晶亮的台上唱起歌,
玫瑰的嘴唇把花瓣从空中摇落。

在人们的心中震颤,大地上
唯有她的歌声在赞颂,在庆祝
(母亲听到)她唱醒了一个古代的民族。

(选自 1981 年 5 月号)

理 想

流沙河

理想是石,敲出星星之火;
理想是火,点燃熄灭的灯;
理想是灯,照亮夜行的路;

理想是路，引你走到黎明。

饥寒的年代里，理想是温饱；
温饱的年代里，理想是文明。
离乱的年代里，理想是安定；
安定的年代里，理想是繁荣。

理想如珍珠，一颗缀连着一颗，
贯古今，串未来，莹莹光无尽。
美丽的珍珠链，历史的脊梁骨，
古照今，今照来，先辈照子孙。

理想是罗盘，给船舶导引方向；
理想是船舶，载着你出海远行。
但理想有时候又是海天相吻的弧线，
可望不可即，折磨着你那进取的心。

理想使你微笑地观察着生活；
理想使你倔强地反抗着命运。
理想使你忘记鬓发早白；
理想使你头白仍然天真。

理想是闹钟，敲碎你的黄金梦；
理想是肥皂，洗濯你的自私心。
理想既是一种获得，
理想又是一种牺牲。

理想如果给你带来荣誉，
那只不过是它的副产品，
而更多的是带来被误解的寂寥，

寂寥里的欢笑，欢笑里的酸辛。

理想使忠厚者常遭不幸；
理想使不幸者绝处逢生。
平凡的人因有理想而伟大；
有理想者就是一个"大写的人"。

世界上总有人抛弃了理想，
理想却从来不抛弃任何人。
给罪人新生，理想是还魂的仙草；
唤浪子回头，理想是慈爱的母亲。

理想被玷污了，不必怨恨，
那是妖魔在考验你的坚贞；
理想被扒窃了，不必哭泣，
快去找回来，以后要当心！

英雄失去理想，蜕作庸人，
可厌地夸耀着当年的功勋；
庸人失去理想，碌碌终生，
可笑地诅咒着眼前的环境。

理想开花，桃李要结甜果；
理想抽芽，榆杨会有浓阴。
请乘理想之马，挥鞭从此起程，
路上春色正好，天上太阳正晴。

（选自1981年6月号）

摇篮边的歌
——给丫丫

高洪波

丫丫，一个朴实的名字，
朴实得就像旷野上的柳枝。
丫丫，一个倔强的孩子，
哭声里充满渴求与祈使。

丫丫，一个满月的勇士，
笑笑吧，面对这纷纭复杂的现实。
笑得美的人是幸福的人，
当然，幸福更在于笑中的沉思

你孕育在一个神秘的世界，
生命像是海洋上的小舟，
慈爱与平静的大海啊
托着你航行了十个月之久。

终于到了抛锚的时候，
一个小小的手术，领你驶进人生的港口。
你努力拉响了生命的汽笛，
引来了多少衷心的关注！

虽然你没有兄弟姐妹，
但拥有一个丰富的宇宙——
每一个分子都可能是朋友，
因此你要永远善良温柔

除了哭，你还是哭，
却往往爱在梦中微笑，
你软弱，像一只可怜的小鸟，
你轻得更像一片羽毛。

但你却哭得有声有色，
耐不住一点委屈和焦躁，
有一个妈妈名叫"岁月"，
说帮我把你的脾气调教。

那时将有一个伶俐的小姑娘，
黑黑的瞳孔漂亮而姣好。
"岁月"妈妈把你的黄毛，
梳理成翘上头顶的辫梢。

那时，爸爸每天讲一个故事，
让你的灵魂充实而美妙。
如果你长成热情的诗人，
那可是爸爸终生的骄傲。

不过我觉得更大的可能，
你将语不惊人，貌不出众，
随便走进一堆人群，
便再也找不见你的身影。

平凡莫过于大地和土壤，
普通莫过于秋阳和春风，
可见只要竭尽其力，
平凡决非等同于平庸。

所以我祈求"岁月"妈妈，
赋予你一颗美好的心灵。
用这心灵拥抱着世界，
你将在爱里度过今生。

（选自 1981 年 8 月号）

四月，冰凌花开了

韩作荣

四月，冰凌花开了，
这一朵朵黄色的小花，
用它犀利的芽尖，射穿了冰雪的铠甲
——迸出了点点金星。

静静地，花儿展瓣了，
在雪野，在枯萎的草丛间，
用它瘦小的身躯，执著的信念，
用它花朵的风铃，去摇醒五月，
摇醒凝冰的大地。

摇醒江河，看她盈盈的泪眼，
摇醒山林，披上嫩绿的纱巾，
摇醒野草不死的根芽，
摇醒青虫喔喔的鸣声；
它轻轻地摇动着，
摇醒一切没有霉烂、僵死的心……

四月，冰凌花开了，

风儿，传送着它的心曲，
它呼唤开花的五月，
呼唤山的苍翠，雨的淅沥，
带着未逝的果实累累的梦境，
带着对泥土的深深的爱情……

（选自 1981 年 12 月号）

一九八二年

"希望号"渐渐靠岸

王家新

盼……这些盼望着的眼睛
像一片被摇落的繁星
在岸边苦等着
重新起飞的瞬间……

盼啊，那个小伙子在盼
他要去会见心爱的姑娘
如果离开船
怎么能抵达爱的彼岸？

盼哟，一群小姑娘在盼
她们要去一个梦中的城市
去见见姥姥讲的那个乐园
可是，船怎么还不来呀
阴云压沉了嬉笑的眉尖！

盼……甚至，那个在这里
化为望夫石的少妇，也在盼
悲哀使她僵硬，同时也凝固了
等着他从苦海驾船归来的信念
哦，她就这样伫立着
一直盼到今天啊

　　终于，一声汽笛
　　响起在山的那边
　　啊，它是不是……船、
　　我们呼唤了很久的船？

人群骚动了起来，像在产房外
听到婴儿第一声啼哭的爸爸
——人们在惊喜中，又感到
从未有过的焦急和不安……

我把站痛的脚尖也跺了一跺
我也在盼啊，我要到海边去
在一个月牙形的浅滩
拾取随着贝壳一起涌来的诗篇……
我盼着，在这里我仿佛
不是等了三天
而是整整三年！
真的，如果船再迟来几天
我怕我满头的黑发
将在一个可怕的夜晚
顷刻变白，白得像雪啊
给生命带来冬天

但是，你听听……汽笛
一声，又一声……是船！
啊，船！我亲爱的船哟
此刻正驶出前方的江湾……

心头的石块嗵地落下了
我这才发现，有两颗热泪
滚过我的腮边
这时，我朝人群望去
一个在候船时认识的中年人
正朝我转过感激的笑脸
哦，我想起来了，有几次
在他拎起行李要走的时候
是我上前劝住了他：耐心点
一定会有船来，只是因为什么
船才晚点……对了，前些天
从川江里不是下来了一场
历史上从未有过的洪峰吗？

现在好了——我曾怕我
给他预约的，只是一个
空口的奇迹。此刻我是
多么欣慰啊！在动摇中
我帮他支撑住了
对于船的信念……

啊，船在靠岸！
船渐渐靠岸！
我亲爱的船长和水手们

你们看出来了吗
这江边的浪花和少女们
一起向你们挥动着
洁白的、潮湿的手绢

是的，这是我们的船
是我们忍着饥渴
忍着曝晒所苦苦盼望的船
是比什么都美丽
也比什么都亲切的船
是我们想嗔怪一下，然后
更热烈地去拥抱的船啊

是的，这是人生旅途的"希望号"
这是一条运载希望的船
整好行装吧，我的旅伴！
希望号正在渐渐靠岸
哦，举起我们骄傲的船票吧
检票员同志，我们的船票是：
信念——在苦难中
用双手紧紧抓住的信念

啊，希望号正在靠岸……

（选自 1982 年 1 月号）

给青岛造船厂

李小雨

我们造船，我们造船！
我们造能飞遍世界的翅膀和轻帆。
无数沉重的钢板落在我们脚下，
又锻打成无数柔软的羽毛和鳞片，
我们披挂起来了，我们就要出发，
要和海鸥、鱼儿一起穿过汹涌的海面，
在异国炎热或寒冷的港口，
在高耸或低洼的路边，
我们漂浮的陆地使整个世界都缩小了，
一抔黄土带来了黄河、长城的春天！
给我们翻译问候，
给我们翻译微笑，
阳光下只有一句不用翻译的语言
我们的船！

我们造船，我们造船！
我们造强大的轮机，平稳的甲板。
强大的轮机就是我们自身，
十亿双手臂，十亿张桨片！
十亿颗饱含了痛苦和希望的心脏输送着血液，
这红色的开采不竭的能源！
我们造的甲板是平稳的，
扑天的狂涛下孩子在酣睡，
风雨中仍有无数飘着奶味的摇篮。
我们熔铸、铆接、电焊，
在昨天搁浅的地方刻下永久的吃水线，

然后启航吧,
请把这一切都叫作明天:
胜利、意志、摇篮和
我们的船!

(选自 1982 年 2 月号)

渔镇黄昏

黄亚洲

港湾里,聚拢半座森林。
码头街,飞起三里鱼腥。

议价还价,吆喝夹几句笑骂。
船尾架锅,酒香撩几颗火星。

老大们不忙归家,
鞋底敲烟锅,再议议明日鱼汛。

儿女们拥向沙滩,
几天未相会,任落霞裹走倩影。

一切还原成古铜色的和谐,
镀上一层薄薄的金。

一切都泼洒着甜醇的黄酒,
夕阳要炖香生活的音韵。

我踏着军人的阔步静悄悄走过。

有陶醉的生活，才有清醒的士兵。

（选自 1982 年 4 月号）

划呀，划呀，父亲们！
——献给新时期的船夫

昌　耀

自从听懂波涛的律动以来，
我们的触角，就是如此确凿地
感受着大海的挑逗：

　　——划呀，划呀，
　　父亲们！

我们发祥于大海。
我们的胚胎史，
也只是我们的胚胎史——
展示了从鱼虫到真人的演化序列。
脱尽了鳍翅。
可是，我们仍在韧性地划呀。
可是，我们仍在拼力地划呀。
我们是一群男子。是一群女子。
是为一群女子依恋的
一群男子。
我们摇起棹橹，就这么划，就这么划。
在天幕的金色的晨昏，
众多仰合的背影

有庆功宴上骄军的醉态。
我们不至于酩酊。

  最动情的呐喊
  莫不是
  我们沿着椭圆的海平面
  一声向前冲刺的
  嗥叫？

我们都是哭着降临到这个多彩的寰宇。
后天的笑，才是一瞥投报给母亲的慰安。
——我们是哭着笑着
从大海划向内河，划向洲陆……
从洲陆划向大海，划向穹隆……
拜谒了长城的雉堞。
见识了泉州湾里沉溺的十二桅古帆船。
狎弄过春秋末代的编钟。
我们将钦定的史册连根儿翻个。
从所有的器物我听见逝去的流水。
我听见流水之上抗逆的脚步。

  ——划呀，父亲们，
  划呀！

还来得及赶路。
太阳还不见老，正当中年。
我们会有自己的里程碑。
我们应有自己的里程碑。
可那漩涡，
那狰狞的孤圈，

向来不放松对我们的跟踪，
只轻轻一扫
就永远地卷去了我们的父兄，
把幸存者的脊椎
扭曲。

   大海，我应诅咒你的暴虐。
   但去掉了暴虐的大海不是
   大海。失去了大海的船夫
   也不是
   船夫。

于是，我们仍然开心地燃起爝火。
我们依然要怀着情欲剪裁婴儿衣。
我们昂奋地划呀……哈哈……划呀
    ……哈哈……划呀……

是从冰川期划过了洪水期。
是从赤道风划过了火山灰。
划过了泥石流。划过了
原始公社的残骸，和
生物遗体的沉积层……
我们原是从荒蛮的纪元划来。
我们造就了一个大禹，
他已是水边的神。
而那个烈女
变作了填海的精卫鸟。
预言家已经不少。
总会有橄榄枝的土地。
总会冲出必然的王国。

但我们生命的个体都尚是阳寿短促，
难得两次见到哈雷彗星。
当又一个旷古后的未来，
我们不再认识自己变形了的子孙。

可是，我们仍在韧性地划呀。
可是，我们仍在拼力地划呀。
在这日趋缩小的星球，
不会有另一条坦途。
不会有另一种选择。
除了五条巨大的触舻，
我只看到渴求那一海岸的
船夫。

  只有啼呼海岸的呐喊
  沿着椭圆的海平面
  组合成一支
  不懈的
  嗥叫。

大海，你决不会感动。
而我们的桨叶也决不会喑哑。
我们的婆母还是要腌制过冬的咸菜。
我们的姑娘还是烫一个流行的发式。
我们的胎儿还是要从血光里
临盆。

……今夕何夕？
会有那么多临盆的孩子？
我最不忍闻孩子的啼哭了。

但我们的桨叶绝对地忠实。
就这么划着。就这么划着。
就这么回答着大海的挑逗；

——划呀，父亲们！
父亲们！
父亲们！

我们不至于酩酊。
我们负荷着孩子的哭声赶路。
在大海的尽头
会有我们的
笑。

（选自1982年10月号）

颐和园游泳

杜运燮

游泳的人都用水作乐器，
轻敲着，重击着，弹拨着，像合奏着
什么交响乐，还侧耳倾听着……

看游泳的人似乎也在游，
她们在浓荫的绿流中划水，
在浮荡的欢声笑语中踩水。

万寿山，也穿着翡翠色游泳衣
浮动在白得发蓝的阳光里，

在蓝水中，有时畅游有时休息。

是我游向那湖水般的歌声，
游向十七孔桥和长廊的诱惑，
还是它们带着水珠游向我？

从水里浮出的多半都是笑脸。
每一睁眼，周围景色都如画，
猛回头，在微笑的是远峰，古塔。

笑声像水花在湖面飞溅，
惊叫声像游泳圈突然在漂流，
有人躺在水面，像是喝醉了酒。

（选自1982年11月号）

一九八三年

殷 实

王燕生

穿过干牛粪堆成的院墙，
主人把我领进储藏室里。
让我看一看放牧的艰辛，
看一看垒叠在一起的欢喜。

一团团毛线，
一张张羊皮，

还有捻动的一个个昏晓,
还有鞣制时一颗颗汗滴……
都储存在一起了,
和踏实储存在一起!

那鼓鼓胀胀的是酥油吧?
食品和光源都灌在牛羊胃里:
一个、两个,七个、八个,
还可以匀出点供奉给神祇。

这一个个麻袋里装的什么?
我摸着,摸着饱满的颗粒,
不必打开看了,
它已暴露了真实的秘密。

我不知道你还需要些什么。
畜群年年繁殖着幼畜,
牧草岁岁萌发出新绿,
你的爱情、你的欢乐,
不需要到梦幻中索取。

"日子比前两年好过多了。"
你的眼神用不着翻译。
像咀嚼着一截甘草,
不是糖,却调理虚弱的胃脾……

一间二十平米的储藏室,
终于填补了岁月的空虚,
何况那古铜色的胸脯,

储藏着用不完的力气。
让我说声"扎西德勒"①，
祝福你，祝福金风送暖的牧区！

①藏语：吉祥如意。

（选自 1983 年 2 月号）

F小调诙谐曲

柯　平

不记得是怎样开始的
当五月的天空
在工房的窗台上投下蔚蓝的影子
炉火渐渐低熄。我们
一伙年轻人
放下铁锤
疲倦地靠着。汗水蜿蜒
在光裸的上身，划出乌黑的诗句
这时，谁喊了一声
我们好奇地围在窗口
一个身影……匆匆
走进洋槐荫和我们惊呆的目光

我们承认，我们惊呆了
这是一个绝美的姑娘
这是一个使洋槐树黯然失色的姑娘
卷发。步履婀娜
（每一步都像洋槐花的摇曳）

而眸子是棕色的
仿佛谧静的黄昏就从这儿流出
当轻风起自萍末
红裙与胸前的蝴蝶结，开始
微飏
为南方暮春时节的黄昏
增添了弹性和流动

是的，我们惊呆了。我们
不知该说些什么
油腻的大手一个劲揉着眼睛
目光
渐渐燃烧若炉中之烈焰
洋槐树终于倾斜了
从枝叶间泻下来的空旷
使所有的视线和向往
都蒙上神秘而兴奋的紫色

黄昏沉默了
（整个世界都沉默了）
我们一动不动
像从一个遥远的梦中惊醒
谁也不想说话
黑色的力
在鲜红的脉管里剧烈地骚动
这时，又有人喊了一声
我们不由自主地抓起了大锤
鼓风机吼叫着
肱二头肌可怕地凸起
烟雾。火星。迸射的汗珠和力

世界渐渐缩小
锻件，这坚硬的铁块
仿佛泥捏，仿佛乡村货郎担上的糖人
在我们手下扭曲。我们
就这样
为一种突发的力所支配
没有人想到休息
哪怕只喝一口水
哪怕只喘一口气
哪怕工段长用扣除奖金
对我们进行善意的威胁

让
这一切永远成为一个羞涩的秘密吧
在南方。小镇
烟雾腾绕的工房
一群粗犷耿直的汉子
就这样
为了偶然领略的黄昏的美丽
（为了红裙与洋槐花的美丽）
而拚命工作着

（选自 1983 年 8 月号）

千树红雾

唐 湜

呵，梅占百花光，
也别叫占尽了春光，

春山一夜桃花放,
有千树红雾满江乡!

更溪谷中桃花水涨,
泛一片潋潋到春江,
引白鸟去追逐春帆,
上下翻飞着到汪洋。

波上好一轮红日,
岸上好一片霞彩,
有昔日少年在徘徊,
悄然凝思于大海!

（选自 1983 年 9 月号）

一九八四年

高原的太阳

叶延滨

又升起来了
又升起来了
你呀，你呀，高原的太阳

高原的太阳好精神
高原的太阳好漂亮
高原的儿子就该这个模样

你多爱你的母亲哟
用你温暖的明亮的阳光
抚过高原的胸膛

你总是这样,多情的小太阳
在高原的每一个露珠中笑
在高原的每条小溪里唱

还在每一张雪亮的锄板上
留下你的模样
让锄板把你种进垄行

再推推门,又被敲窗
每孔窑洞耀得明晃晃
像个淘小子跑遍了山庄

你是从哪儿来的呢?
是从那个古老的神话扶桑
还是从那个揽羊后生肩上

真格的,那女子的眼睛真亮
当她看到你的时候
黑眸子里闪出个太阳

你站在电视天线上张望
莫不是也想到集上逛逛
赶集人的影子被你拖得长长

多情的太阳,淘气的太阳
充满活力的太阳哟

你呀，你呀，高原的太阳

发热吧，发光吧，上升吧
照亮这个难逢的好时光
让全世界知道，什么叫希望……

（选自 1984 年 7 月号）

手

唐晓渡

这双手岩石般冷峻
青筋暴突如虬龙
隐隐　我听见半空
有风云坼裂的声音

毋需追索往事　往事如烟
而烟生火　当愤怒与自责
陈年枯叶般簌簌燃尽
这双手　这双
被痛苦烧锻得通红的手
已在默默涌流的泪之咸涩中
淬得坚且韧

至热如冰　多余的温情
早已寸焚　于是
掌纹断裂成沟壑深深
有惊川的辣辣雄风生成
有鹰击的黑色闪电生成
有贝多芬那警告般轰鸣的

命运之交响生成

且把拳慢慢收紧

世界　请附过耳来
于这方寸之腕上倾听
听中国土地几千年的深沉律动
怎样在一次震颤着的把握中
响成
一派耀眼的涛声

（选自 1984 年 9 月号）

一九八五年

呼伦贝尔草原

宗　鄂

夏天终于
　　沿着长长的国境线来了
终于来到开花的草原
风攥着草浪
　　涌过了辽远的地平线
呼伦和贝尔仰卧在草地上
　　尽情幻想那神秘的远山

夏牧场像一片嫩绿的桑叶
羊群是桑叶上肥胖胖的蚕

雨季刚刚过去
这么多的蘑菇
　　　举起洁白的小伞
贝加尔针茅初试锋芒
萨日楞和鸢尾花炫耀着鲜艳
姑娘再灵巧的手
　　　也难织出这么绚丽的花毯
告别了寒冷和龙卷风
草原从冬天搬进了夏天
蒙古包、大篷车、牧羊犬
燃着青草味的牛粪火
升起奶茶香的炊烟
收录机和电视机
三分现代气息
还有七分古典

草原爱骑马奔驰
也爱骑摩托兜风
"嘉陵"比之河马
　　　更富于魅力，更时髦，更浪漫
牧场和生活
　　　都在季节的更替中搬迁

开阔的草原是没有遮拦的
一切都袒露在外面
系在套马杆上的心是透明的
姑娘的爱也勿须躲躲闪闪
岩石般粗壮的男子汉
从不掩藏驰骋中的倜傥和慓悍
草探的奔马是没有缰绳的

腾身跃进徐悲鸿、刘勃舒
　　气势雄壮的画卷

呼伦贝尔早已容不下
　　飞腾的马蹄
有安二24，有特快列车，有"黄河"
带着蒙古包的亲切微笑
带着扎赉湖的红鲤跃过龙门
带着花毛毯迷人的色彩
　和草原牌特级奶粉的鲜美芬芳
驰向中原和岭南

（选自1985年1月号）

市　长
——与珠海特区市长一夕谈

田　间

市长在记者中间，
笑着并举杯闲谈——

他说：珠海怎么的，
不妨由你自己看。

只需中央一指点，
不需国家一分钱。

引进外资有原则，
对外合作有主权。

幢幢大楼林立，
座座荒丘已毁。

即使石头与海滩，
石头开花也烂漫。

听说有个"石不烂"①
他来看过也心甘。

一年前我从内地来，
现实烈火淬了淬。

不开拓怎叫改革，
不改革又怎叫翻番？

石不烂呀心眼转，
车子将来能叫电脑牵？

石不烂左盼右盼，
日月也会有新门槛？

但愿人们睁开眼，
盼呀改呀要实干。

突然市长高举杯盏，
待你看罢咱再谈。

① "石不烂"意指某些内地人。

（选自1985年6月号）

告别吧，古老的瓦板屋

吉狄马加

> 我们大家都来想办法，凉山一百多万彝族，二十多万户，其中有房子的多少，房子差的多少，都要调查了解。
>
> ——一位中央领导视察凉山时的讲话

> 凉山州喜德县两河口区沙马拉达乡，依格生产队，二十一户彝家换上了新房。
>
> ——摘自笔记

我看见他们流泪了在搬房的时候
这些山里的人，感情像泥土一样纯朴
我看见他们围着自己的新房走啊走
这些古铜色的人，用沉默表达心里的幸福
告别吧，古老的瓦板屋

是的，这是两条古老河流交汇的地方
是的，这是月琴诞生的地方
是的，这是马布诞生的地方
是的，这是一千年的痛苦和一千年的欢乐诞生的地方
是的，这是一个山野民族终身依恋的地方
是的，就在这低低又高高的河岸上
我们的瓦板屋曾经站立着，像一群高傲的老人
它们永远抽着一支黎明点燃的炊烟
它们永远抽着一支黄昏点燃的炊烟
看吧，在那铝灰色的天幕尽头
历史仿佛又走向了那遥远的过去

多少年了，山长得很高很高，水流得很长很长

就像一部古老的史诗所唱的那样
我们的祖先走进了这低矮的房屋
围着那温暖的锅庄，穿着那狩猎的衣裳
因为有了你的存在啊，大山里的瓦板屋
一支迁徙的民族，一支走向高山的民族
才没有在那寂寞荒凉的山野里流浪
因为有了你的存在啊，大山里的瓦板屋
我们剽悍的男人，我们温情的女人
才会在寒冷的冬天里充满神奇的幻想
因为有了你的存在啊，大山里的瓦板屋
我们那些爱唱歌的牛，我们那些爱跳舞的羊
才这样甜蜜和安然地睡到了人的身旁
瓦板屋啊，我将用历史的歌喉赞美你的过去

但今天啊，我古老的瓦板屋，我悠久的瓦板屋
我将不再充满痴情来赞美你
要我赞美的是那宽敞明亮的大瓦房
是又一代彝家人的新理想
要我赞美的是那条铺满黄金的路
是第一个放在彝人家中的"大三洋"
古老的瓦板屋，我将吹响八十年代的号角向你告别
你看啊，那现代化的曙光已从大山里升起
你听啊，那山风演奏着未来文明的奏鸣曲

告别吧，我们将同那人畜不分家的历史告别
告别吧，我们将同那烟尘笼罩家的历史告别
告别吧，我们将同那睡潮湿草垫的历史告别
告别吧，我们将同那羊皮当被盖的历史告别
告别吧，古老的瓦板屋，再道一声告别

（选自 1985 年 10 月号）

一九八六年

家　书
——一份减色的实录

严　辰

一

杏花。春雨。江南，
惯向睡里梦里缠绵。
时间这无情的利剪，
剪碎了多少月夕花晨，
剪碎了多少欢乐、愁绪，
总也剪不断对家乡的怀念。

怀念——
一股冒泡的汩汩暖泉，
浸透甜蜜，
浸透青杏的苦涩，
也浸透拂不去的辛酸。

往事的云絮淡了、远了，
断影的雁翎忽又落在眼前，
它那样轻
——两张薄薄的纸，
它那样重
——一份歌哭无端的画卷。

二

今夜
柔软的被褥长了芒刺；
老嫂子的误期的信，
如同一枚细小的石子，
冲破了沉淀的心田。

儿女们扑腾着翅膀，
大多远走高飞了，
到新兴的城镇，
到红海，到地北天南。
她孤零零守着旧窝，
十年、二十年……

十年、二十年，
她守着长起莓苔的老屋，
守着一次次风暴、颠簸，
守着尘封的记忆，
守着褪色的信念。
她守着不准养鸡的鸡埘，
守着空荡荡的猪圈，
宅旁菜地里的芸薹呢？
小田埂边蚕豆棵上的紫蝴蝶呢？
一切都在"横扫"中凋零了，
我少年时手栽的山桃也受到株连。

伴同幽暗的油灯，
她仍默默地守着，
守着屈辱和贫困，
守着未曾熄灭的盼望，

守着没边没沿的凄清的夜晚。

云山阻隔，
她已否搁浅在某一个港湾？
这会，穿过雨后的
秋林，但见斜阳灿烂。
她絮絮叨叨叙说家常，
带着不无夸耀的口吻，
一扫过去的牢骚和喟叹。

三

……
这几年，
村里时刻在改变容颜，
一幢幢小楼像春笋拱土，
阳台上——鲜花，
房间里——沙发、电扇。
最最教人惬意的，
是那洁净方便的卫生间。
　　怎能忘了那发疯的年月，
　　家家茅坑在"斗私"中填平，
　　全村合用一个公厕，
　　黑夜里跌伤过多少老婆老汉！

如今，夜晚电灯如星光万点，
白天有太阳灶煮饭，
——家家大门外
挺立着一柄发亮的大伞。
　　妇女们再不用发愁
　　没烧柴对付一日三餐。

还是昨天的李四、张三，
一夜醒来变得聪明能干，
培植的蘑菇、银耳像变戏法，
连土鳖虫也驮着金钱。
　　割断了束手束脚的绳索
　　摘星揽月，地广天宽。

四

今年粮食又是大丰收，
装满了所有的竹箩草囤、坛坛罐罐，
多年绝种的香稻米，
亩产也超过了一千。
　　香稻米那诱人的清香，
　　好日子一样隽永、香甜。

又喂起了一大群"九斤黄"，
两头肉猪长得好欢，
喂什么？——
吃不尽的红薯，
还掺两碗大米饭。
　　不比"放卫星"那阵，
　　报上登着亩产五万斤，
　　饭锅里煮的红薯连同藤蔓。

大儿子在国外修筑公路，
给捎回来一个彩电，
从此，咱们这偏僻的死角，
和外面的花花世界紧密相连。
末奶头儿子学的泥瓦匠，

当初嫌他没得出息,
谁知他搞建筑承包,
前天一下给汇来两千元。
　　老婆子辛苦一辈子,
　　几曾经手过这么一笔巨款!

手头"短"时发愁,
愁吃愁穿、愁碎心肝;
手头"有"了也发愁,
这该怎么花呀?
喜欢得发愁,
愁了个喜欢……

五

世道金光闪烁,
怎不教人眼花缭乱;
是梦幻?是真实?
它比梦幻更真切更新鲜。

一把金钥匙,
打开了她从没打开的心扉;
仿佛看到她愁眉舒展,
仿佛又看到她脚步轻健。
别说暮年好比日落黄昏,
她所折射的正是新时代的光焰。

酥软的杨柳风吹拂大地,
我应当听从她的呼唤,
去看看熟悉而又陌生的家乡,
看看魂牵梦萦的

杏花。春雨。江南。

我要在宅旁的小菜地里，
在嫩生生的芸薹和莴苣旁边，
重新栽上一株山桃，
让怒放的满树繁花，
去迎接更加美好的如花的明天！

（选自 1986 年 3 月号）

一九八七年

念黄河

周所同

地理书上读你。读你
如读故乡那条蓝幽幽的小溪
祖母的蒲扇下读你。读你
如读萤火虫一闪一闪的灯谜
梦境的矮檐下读你。读你
如读母亲倚门唤儿的亲昵
线装的唐诗里读你。读你
如读李白《将进酒》的豪气
　　黄河，黄河啊
　　我是你穿红兜肚的孩子

真的。我已不记得是怎么长大的了
只记得父亲拉纤归来

总为我采回一束蓝蓝的马莲
哦！这无字无声的摇篮曲
采自你纤绳匍匐号子裂岸的河畔

妈妈停下纺车就是三月了
三月的炊烟总是饿得又细又软
我拽着妈妈的愁绪去挖野菜
哦！野菜很苦很苦也很甜很甜
赤着的脚趾走在你的沙地
深刻感受到你十指连心的爱怜

数着你的渔火入梦，我的
小红帽就不再害怕狼外婆敲门了
喝口你的河水润嗓，我就
能把信天游唱成起起伏伏的山梁了
扎起你三道蓝的羊肚手巾
我就敢把山丹花别在姑娘鬓边
而吃一碗你的小米捞饭
我便见风儿长成北方一条壮汉！

喊我一声乳名儿吧！黄河妈妈
我是你善良的眼睛望高的孩子
也是你苦难的石头磨硬的孩子
只要你还有旋涡还有浅滩还有
第一千次沉船时高扬的手臂
我就会应声而来。长成你
第一千零一次不倒的桅杆！

（选自1987年3月号）

谁也没见过月亮的那一半

邵燕祥

谁也没见过月亮的那一半
月亮却见过许多

月亮见过许多
却从不说破

我要到地球的那一半
去见见美国

以一双陌生的单眼皮眼睛去
发现新大陆，在哥伦布
之后；发现自然，在梭罗
之后；发现第三次浪潮
和大趋势，在托夫勒和奈比斯特
之后……把一切翻译成
象形文字给中国

我来了，只见美国的月亮照着
高速公路上飞驰的车灯
二十世纪垦荒者和淘金者的
眼睛

（选自 1987 年 12 月号）

一九八八年

幸福的一日 致秋天的花楸树

海　子

我无限的热爱着新的一日
今天的太阳　今天的马　今天的花楸树
使我健康　富足　拥有一生

从黎明到黄昏
阳光充足
胜过一切过去的诗
幸福找到我
幸福说："瞧　这个诗人
他比我本人还要幸福"

在劈开了我的秋天
在劈开了我的骨头的秋天
我爱你　花楸树

（选自 1988 年 9 月号）

云　岭

骆一禾

并不在心中阴暗
高空在弥漫
金光灿烂。云顶通红。河流急驰的古城。

屋顶的披挂上接孤峰
莲花耸动

打入我飒飒的血滴　划去土质
光轮射出
银河陶冶在归人的背上
古老蓝湖于远处结冰

有云岭的积雾
滚滚而下
寺墙如山削　如怒海的一体
巨大的石础高踞在悬崖千仞　狂风席卷
抓走紫厚的泥土

（选自 1988 年 11 月号）

一九八九年

致深圳市花——簕杜鹃

鲁　煤

过去，我不明白：为什么
你一年到头，不分昼夜
总是盛开着满丛、满枝的艳红花朵
像土地点燃起的熊熊圣火
不明白：你艳红的胭脂，圣火的燃料
总是源源不断，从哪里取来？

回今天，住进西丽湖畔，我明白了：
这里环绕四方的常绿山林
一年到头，不分昼夜，都有杜鹃鸟
因在召唤早逝的情侣的亡魂归来
它声声痛哭，五内如焚，呕心沥血
鲜血和热泪滴进土地
滋养你的根茎，渲染你的花瓣
绵绵此恨啼不尽，艳艳你花永不谢

梅雨季来了，连天阴雨打不落你的繁花
只能促使你更加怒放、光焰耀眼
因为你是血泪燃起的不熄圣火
淅沥沥的雨幕遮不断啼声从山林传来
只是使它更加深沉、悠远、缥缈
我侧耳倾听，倍觉惊心动魄

我曾循着啼声，披荆登山
仰望青松枝头，寻觅杜鹃鸟
想向它表示感佩、慰问，进行心灵的对话
但是它，始终隐形不露
只把声声啼唤传来：忽远、忽近
忽东、忽西，令我捉摸不定

但是回过头来，我从你——
簕杜鹃花，看见了它：
艳丽、芬芳、庄重、热烈
因为你就是它心灵的外化
如今，深圳市，站在改革开放前沿的

现代化的小伙子，钟情于簕杜鹃
把它戴在自己笔挺西装的胸襟上
炫耀着青春、健美和爱的忠贞

（选自 1989 年 7 月号）

一九九〇年

松林之月

聂 沛

我看到窗外的松林之月
窗外月光下的松林
黑蓝而亮、自由自在的松林的月光

我看到没有一丝儿声响的明月
和小银刀般的松针
在窗外不远的地方

我离开音节和稿笺
返身坐于庭院的草丛
看到篱笆外的松林之月

我离开一切故作高深的意象
离开那些无休无止的闲谈
以及一些谎言、一丁点儿悲哀

我看到篱笆外的松林之月

那是大地之月、母亲之月、眼泪之月

实际上就是童叟无欺的诗人之月

（选自 1990 年 1 月号）

一九九一年

草 原

李元胜

草原你的广阔
就像我难以收复的那一切
风吹草低处
放牧的人细小如砂石

每年有多少青草
在抵达天空的过程中腐烂
草原没因此变重
每年有多少名字和白云
被大风吹散
草原也并未因此变轻

雨水顺着草根
泥土深处摸到歌者的骨头
但他剩下的声音
和鹰一起
构成天空最高之处

土杯把酒
笨拙地倒进我们的血液
陷在草原深处的不仅仅是河流
谁面对草原的空旷
谁也就面对着
他所有的悔恨和怀念

在第一个秋天遇见的词
至今还深埋在我的伤口里
想起草原
那些多年前奔跑着的马匹
又呼啸着擦着我的手背掠过

（选自1991年3月号）

大　海

戈　麦

我没有阅读过大海的书稿
在梦里，我翻看着海洋各朝代晦暗的笔记
我没有遇见大海的时辰
海水的星星掩着面孔从睡梦中飞过

我没有探听过的那一个国度里的业绩
当心灵的潮水汹涌汇集，明月当空
夜晚走回恋人的身边
在你神秘的岸边徐步逡巡

大海，我没有谛听过你洪亮的涛声

那飞跃万代的红铜

我没有见过你丝绸般浩渺的面孔

山一样耸立的波浪

可是，当我生命的晦暝时刻到来的时候

我来到你的近旁

黄沙掠走阳光，乌云滚过大地

那是我不明不暗的前生，它早已到达

（选自 1991 年 10 月号）

献诗：给姐妹们

西 渡

这是我最后一次抱着婴儿

把手伸进麦地

这是我最后一次

从秋天的草篮里

抱出

一头沉睡的鹿。

把手伸进谷仓、抱出生命

这是最后一次。把手伸进温暖的秋天

这是最后一次。

阳光走出大地

打开谷仓的门

这是最后一次。

秋天的风吹过、秋天的尾巴
打落果实、是最后一次。

没有睁开眼睛的啼哭
是最后一次。
布匹裹起沉睡的鹿
是最后一次。

最后的风吹着。
雨水中空无一物。
这是大地上最后的动作。
这是我留给你们的最后的祝福。

（选自1991年10月号）

一九九二年

御林河

沙 鸥

小三峡的姜黄腰带
绕过绝壁、巉岩
乱砖似的断层
飘落绿竹山中

我们同舟
每一桨都是青山的许诺

两岸

恬静而妩媚

延伸着羽毛似的田野

阳光在一片片竹叶上

结着珠翠的梦幻

（选自 1992 年 2 月号）

高　原

我心在高原，我心在远方。

——罗伯特·彭斯

西　川

旷地上的马匹舔着草根

希望它们长高（那些春天方能

苏醒的草），希望它们懂得

冬天的内容。在严峻的冬天

野兽难得一见，只有马匹在旷地上

低着头，仿佛梦中的行人

而升空的星宿毫不介意

大地上竟有如许的生物

那些马是在云层里，是在

海拔一千米以上的高空

大雁已飞尽，天上的河流已成冰

流传在高原上的民歌

唱着起义造反的嘎达梅林

这就是那一年窗外的风景

另一个地方在下雪

海棠枝上留有以往夏雷的伤痕

而在鄂尔多斯，一个从

南昌退伍归来的士兵

哼起小调，透过旅店僵裂的窗子

眺望旷地上沐着阳光的马匹

马背上一片雪亮。它们从黎明起

就和地平线保持着

一种独特的默契

形成了午后三点的宁静

（选自1992年8月号）

一九九三年

海边的沙子

大 解

来　看看这些粉碎的事物

这些大海磨烂的岩石　多么平坦

看看踏下的足迹会不会

顷刻消失　像去日的爱情被风吹散

挖地三尺我深信埋没的岁月能够

重新出现　那时你赤脚走来

指给我海上的波涛和

闪电抽打的云彩　风暴正渐渐逼近夜晚

一千对情人手指大海

在热吻中倒向黑暗　而我
吮着你唇上的露水
把心中的大旱推向边缘

那时肯定有人在雷霆中吓死
有人在沙滩上写下最后的诗篇
我却祈望更大的风暴

比爱情更猛烈　比闪电更突然

你带给我全新的一切　然后转身
在夜色中消失
多少年了　我携带沉默的沙子
除了沙子　你不会在别处重新出现

因此我说　暮色降临吧
爱情不怕黑暗　青春从不孤单
今日我必将遇见你
像幸福挨着幸福　像多年以前

（选自1993年5月号）

秋

雷武铃

最后一只蝴蝶消逝在
火车过后的秋天

静静的山谷

铁轨之上的天空
蓝得没有表情

我看见山岭、蝴蝶、松树一闪而过
秋天从幸福的新婚中
一闪而过

（选自 1993 年 5 月号）

心中的声音

郑　敏

在这仲夏夜晚
心中的声音
好像那忽然飘来的白鹤
用它的翅膀从沉睡中
扇来浓郁的白玉簪芳香
呼唤着记忆中的名字
划出神秘的符号
它在我的天空翻飞，盘旋
流连，迟迟不肯离去
浓郁又洁白，从远古时代
转化成白鹤，占领了我的天空
我无法理解它的符号，无法理解
它为甚么活得这么长，这么美
这么洁白，它藐视死亡
有一天会变成夜空的星星
也还是充满人们听不到的音乐
疯狂地旋转，向我飞来

你，我心中的声音在呼唤
永恒的宇宙，无际的黑暗深处
储藏着你的、我的、我们的声音

（选自1993年9月号）

幸福的几种形式

耿占春

我说过：
我的停留不会太久。
我的烦忧也不会太久。
那我该不该为这个世界而有太多的哀伤呢？

我活着的时候，
我热爱的黑眼睛会在我闭着的眼睛出神，入梦。
为我召集天上的宁静，微波与轻风。行星与恒星。
我看见的鸟会在我躺下的身体里继续飞翔。
在那里展开更深邃的天空。
在那里聚集起一个夏季的风暴。
一场大风，大片庄稼奔跑起来，
像畜群耸动着脊背。
而这时我就是被蹄声敲响的鼓，就是
蹄声卷起的绿色烟尘。

如此我就会眷恋自己的生命，
因为听、看与摸，这是幸福的几种形式。
因为清秋傍晚西北天边的露水闪。
穿堂风，玉米的红胡子和夜里降落的雪，

因为雪在大街上融化的日子,到处都扑满
了啪啪嗒嗒声

声音,声音里的事物是我欢悦的耳朵,
能看见的一切也是我的眼睛。
北方的四季分明。存在的万物正是我心里所想的。
雪松,扁柏,火焰与芍药,一行白杨树已高如深秋。
自然的安排高于智慧。
在我最终要去的那个世界,
我不企求七重天上玫瑰的旋律,我只要
在常见的阳光中,在松枝下,一层层积雪晶莹,
在我路过的时候,
扑扑嗒嗒灌满我的脖颈。
一双黑眼睛,看与被看,听与被听,摸与被摸。
轻柔如弱音的摸,是手和腰肢孤独地唱歌。

这里定然有我的巨大的欢乐。
在眼睛、手和耳朵不及之处有想象的真实之物。

(选自1993年10月号)

一九九四年

回 家

郁 葱

在秋的心境里,我们回家
通往家的唯一的路上

满是泥泞

我们有时靠太阳回家
有时靠月亮回家
有时靠一点萤火回家
而有时回家
就仅仅要靠
我们的眼睛

我们回家，在我们家中行走的
全是梦幻和乐音
再沉厚的书，在家中也显得单纯
一种味道
光洁的地板上的几粒泥土
都是为了点缀
那种纯明
我们有时在目光中回家
有时在语言中回家
有时在想象中回家
——那重重的心事上
常沾满窗外的草星
回家，是在家时的一滴泪
是在外时的一个梦

我们回家，我们回家
回家，一个故事的
开始和最终……

（选自 1994 年 3 月号）

大金瓦寺的黄昏

阿 信

大金瓦寺的黄昏，光的喧闹的集市。
集市散了。然则又是
寂静的城。

——阴影铺开，
一大片民居的屋顶，波动如钟。

此际，想象我就是那个
彻夜苦修的僧人，
远离尘嚣，穿过一条藻井和壁画装饰的长廊。

我是否真的能够心如止水？
我是否真的能够心如止水？
不因檐前飘落的一片黄叶，蓦然心动

……但我想
我是有点痴了……终于有夜雨和犬吠。
终于有如鼓的街面，一辆马车
打身边经过。

（选自 1994 年 9 月号）

一九九五年

双城记

席慕蓉

梦里　母亲与我在街头相遇
她的微笑未经霜雪　四周城郭依旧
仿佛仍是她十九岁那年的黄金时节

仿佛还是那个穿着红缎里子斗篷的女孩
憧憬像庭前的海棠　像芍药初初绽放
却又知道我们应是母女　知道
我渴望与她分享那珍藏着的记忆
于是　指着城街　母亲一一为我说出名字
而我心忧急　怎样努力却都不能清楚辨识

为什么暮色这般深浓　灯火又始终不肯点起
妈妈　我不得不承认　我于这城终是外人
无论是哪一条街巷我都无法通行
无论是昨日的还是今夜的　北京

（选自 1995 年 1 月号）

向　西

沈　苇

向西！一块红布、两盏灯笼带路
大玫瑰和向日葵起立迎接

向西！一群白羊从山顶滚落
如奢侈的祭品撤离桌台

向西！脸上昼夜交替
一半是冰，一半是火，中间是咬紧的牙

向西！沙漠傍依天山
像两页伤残的书简

向西！姑娘们骑上高高的白杨
留下美丽的尸骨，芬芳袭人

向西！坟茔的一只只乳房
瞄准了行走的风景

向西！众鸟高过大地
翅膀的金属叶片撒满山谷

向西！公马脱去皮肤、血液，骨头
留下一颗闪电的心脏

向西！寒风吹向无助的灵魂
那姗姗来迟的援军名叫虚空

向西！孤身上路，日月从口袋掏出
像两只最亮的眼睛

向西！鼓点咚咚，持续到天明
赴死的死亡迎向蜃楼奇观

向西！昆仑诸神举起荒路巨子
啜饮他并造就他

（选自1995年6月号）

河湾边的阿依古丽

柏 桦

河水流走了村庄还在
河湾边的阿依古丽
你是谁的后代？

汲一桶流动不息的河水
抱一捆老树落下的干柴
你在那个小棚
煮着天山的笑声和八方的欢快

玛纳斯河
你可是为了她才绕了一个大弯
流过她唱过儿歌的家园
流过她和妈妈一起
哼着民谣赶着小毛驴走过的田垄
流过她唱着半生半熟流行歌曲的小棚

然后你又直直地流走
把她的目光带向何方
像一条轻轻摆动的马尾
舒曼地向前流淌

我口含一枝苇叶
一边走，一边为你
唱一支
长流不息的歌

（选自 1995 年 10 月号）

一万个月亮为我而落

阎 安

一万个月亮为我而落
最后一个月亮
照出大地上的寒光
在今夜又把我照亮

怀着病树的宽宏大量
在抽象的时间和风中
我注视古铜
一种脸型深远于土
一种神情苍老于火

一种脸型普普通通
飘荡的尘土一样不着表情
一如尘土般不着表情的人们
尘土般不着表情地卷我而来
触电般地渗透我
使最后一个月亮
连同大地上的寒光把我照亮

一种脸型也不平常
像一部秘传的经典
一种脸型是大醉后的颓废
苦恋的黯然神伤
一个人刚刚走过荒原
一个人坐在石头上
满目怅惘

一万个月亮为我而落
最后一个月亮
是万古的月亮

这是最后的夜晚
古铜闪闪发光
看不到结局
也看不到开始
一如许多年前的先人苍老如土
一如今夜的月亮和寒光将我照亮
今夜的我眉清目秀

月亮下放光的古铜啊
那个人始终站着
噩梦般单调地站着
噩梦般单调地看着
众人噩梦般踽踽而过

一万个月亮为我而落
在我之后,在今夜之后
今夜的最后一个月亮将成为开始
今夜大地上的寒光将成为结局,
今夜的月亮是万古的月亮

(选自 1995 年 12 月号)

一九九六年

高速公路

邱华栋

高速的运动,音乐的停顿和持续
把行动送进了冲突!

并且,飞鸟把翅膀收在半空
把羽毛递给了燃烧的空气

那是谁,在岸边收集车流中灯光的残片
扑灭尾气的火花与倒影

并且,城市的躯体因为高速公路的输血
日益变得茁壮,变得心动过速

在这巨大血管里你捏住喉咙,没有歌声
只有寂静,只有群鸟被惊向高空

(选自 1996 年 11 月号)

一九九七年

窗 台
梁 平

我的窗外有一条江流过
对岸山上的人
在我的视线里扭动成虫
江上没有帆叶可食
偶尔一声汽笛
足以让人惊心动魄
我在窗前观察江水变换颜色
成为我的唯一嗜好

以不变的姿势
看变化万千的江水
尽管风景种种
我只好熟视无睹
无睹这江上泛滥的泡沫
无睹这江上沉浮的所有
看在眼里
并不一定要记在心上

怎么没有清亮的时候呢
我找不到答案
却发现邻家窗台的小姑娘
和我一样　每天
都站在那里守望江水

我看不到她的眼睛
却能感受到她的忧伤
使我不能自拔

从此我将离开我的窗台
我要到对岸的山上
我要到水中
直到有那么一天
我成为江上跃起的一柱水浪
所有的眼睛
都在窗台上清亮了

（选自1997年3月号）

一九九八年

星 星

王 蒙

谁不爱明月？
明月当头能几番？
明月当头，英雄气短，
回首茫茫乡关，
青春昨日——
渐行渐远。

举首高天，影只形单，
冷雾迷蒙，四顾凄然。

劝月亮不要那么明艳，
如果不能带来温暖。
又何必照得满世界难眠？

暗黑中不若请星星下凡，
如颗颗湿漉漉带露花瓣，
举手采撷，编入我胸寰。

如满天发光的棋子，
任凭造物之手排点，
垂落有致，不争不连，
陨落也留下蓝光一闪。

明月啊，何妨山后小憩，
也许你会看到群星灿烂！

（选自 1998 年 1 月号）

流经我们身边的这条大河

杜　涯

流经我们身边的这条大河
也曾流经去年
那时我们一个劲相爱，不懂得
外面的春天，桃花，流水
这一切究竟与什么相关？

现在我们就坐在它的旁边

看它怎样平静地带走桃花
沙子、水草、上午的时间
不，在它的外部我们总是
想不明白
甚至包括水面上波动的阳光
一叶载着放蜂人的家当的小船
那漂流的、孤独的
春天！

（选自1998年2月号）

第二次出征西藏

孔繁森

我不喜欢孤独的吟唱，
我不喜欢哀婉的忧郁，
我喜欢淋漓的欢乐，
我喜欢火热的生活，
我喜欢国土的广阔。
今天，接到命令：
奔赴西藏，第二次奔赴西藏，
我又陷入遥远的回忆——

想那片草原，
想那片有蓝天、白云的高原，
想那片酥油茶飘香的高原，
想那片流淌草原牧歌的高原，
想那片剽悍雄性的高原，
想那片佩藏刀饮大碗青稞酒的高原，

想那块雄伟高大的天然屏障，
过去了，又走回来——

离开故乡，离开那片养我育我的平原，
我不敢再想白发老母倚门望我归家，
我怕太阳下山之后，
大野里传来母亲的呼唤，
唤我，唤我，归家；
我怕那门前的酸枣树开花又结籽，
红透了之后，攥在母亲的手掌之中，
等我，等我，等我回家——
谁都有儿女情长
羊羔跪乳，燕子衔食，
我知道男儿应该远行，
离家之前，我只想说——
说祖国的每一片土地都养人。

我知道出征的路程和分量，
我知道荣誉和牺牲、胜利和艰难，
绝不会单一降临到一个人的身上，
我要用妈妈的教诲、妻子的期待，
朋友的支持来激励我勇敢顽强地
　　站在祖国的高原——西藏。
为了祖国的每寸土地繁荣昌盛，
我愿做雪山上的一盏明灯，
把祖国的边疆西藏照亮。

（选自1998年2月号）

守护一位老人

商 震

一棵树老了
它斑驳的干上刻满秋凉

夕阳忽闪在冷冷的头顶
火红的记忆如枯叶
随时都会
被一阵风携去

欢笑过的足音
如失踪的风筝
春天时的许多故事
唯余　不留神漏出的
几曲小唱　让
衰老在衰老的神态里
辉煌

老去的树
被夕阳点燃
未冷的灰烬
警示着还能流泪的青年

（选自 1998 年 10 月号）

一九九九年

下槐镇的一天

李 南

平山县下槐镇，西去石家庄
二百华里。
它回旋的土路
承载过多少年代、多少车马。
今天，朝远望去：
下槐镇干渴的麦地，黄了。
我看见一位农妇弯腰提水
她破旧的蓝布衣衫
加剧了下槐镇的重量和贫寒。
这一天，我还走近一位垂暮的老人
他平静的笑意和指向天边的手
使我深信
钢铁的时间，也无法撬开他的嘴
使他吐露出下槐镇
深远、巨大的秘密。
下午6点，拱桥下安静的湖洼
下槐镇黛色的山势
相继消失在天际。
啊，过客将永远是过客
这一天，我只能带回零星的记忆
平山下槐镇，坐落在湖泊与矮山之间
对于它
我们真的是一无所知。

（选自1999年8月号）

二〇〇〇年

柚子花开的地方

彭燕郊

那时候我已经长大了
开始把我的忧伤的头发留得很长很长

已经用不着你替我在白肚兜上绣花
开始喜欢穿我的宽大的蓝短裤

那时候我的心已经成熟了
已经开始懂得那叫人难为情
可又十分温柔的事

那时候我们总有那么一点小小的狡猾
躲开别人，两个人一起
去山上捡松球，去田里摸螺蛳

我总是在别人看不见的地方等你
等你洗好家里的碗筷。喂完家里的小鸡
等你把在古井边洗好的衣服放到木桶里
大大方方地到河边来过水

那里美丽的风景
那是柚子花开的地方

在那里你总是玩着发辫上鲜艳的红头绳
总是摆荡着你那从肩上披下又拖到胸前的发辫

你把荔枝核做的小水桶送给我
还有用彩线织的带樟脑丸的香袋

在那里我不再蹦蹦跳跳
有时候我真的很像一个恋人
无言地撕着花枝的树皮，把树液往指甲上涂了又涂

在那里我总是装着没有听见
妈妈喊我回去吃饭的声音

我们快乐地沐浴在河水的反光里
而弯着腰洗衣服的你
是美丽得就像新月一样

你那精致的小脸又白又红
在那柚子花开的地方

那时候我们还不懂得接吻
嘴对嘴也已经够教人消魂了

天旋地转中，透过你起伏不息的胸脯
我分不清听到的是你的、还是我的怦怦心跳

"我喜欢你，我和你好……"
最难忘是你喘息中急促地说给我的悄悄话

当我们分别的时候我告诉你
我要到外面世界去流浪
我相信我们的爱情会因苦难而更加美好

流浪的路上，我的辛酸我的惆怅我的挣扎
还有我的遗忘——我把你埋藏在太深的心的深处

以至我忘记了我们约好的团聚的日子
忘记了在那个日子以前回到你的身边

对那些很会说"我爱你我爱你"的城里姑娘
我只有茫然地笑笑罢了

我相信我们的爱情虽然幼稚但却真实
而现在，别人告诉我你已经出嫁了

而你，我的和柚子花一起活在我记忆里的
少女里的柚子花，你会原谅我吗

（选自 2000 年 2 月号）

油菜花开

代 薇

油菜花从洼地跃向河堤
带着一河水奔跑
洪流与波涛
决堤的……春天啊
什么样的速度
才能追上金黄的一瞥呢

蓝天下开阔的金嗓子

像河水在不断高涨
漫过堤坝
带动两岸飞翔

（选自 2000 年 11 月号）

二〇〇一年

忘记生日
——写给自己和玉谱、桂间、思恒等同学少年

李肇星

当这一刻逼近，
泪涌不能自已。
忧患少年理想停滞，
担心圆形蛋糕甜蜜。

汗水滋润半百春秋，
劳动竟将成为奢侈！
爱不够的
是为祖国加班，
怕
烛光被自己吹熄。

谁能拒发时间签证？
谁能阻拦夜幕后的晨曦？
忘掉生日的无奈吧，
让生命之曲永不休止。

用东河秋水洗涤热泪,
让大洋长风吹醉叹息!

不要灯火,
不要酒席,
不要软软的长寿面,
不要善感的哼唧唧;
直面时钟的傲慢,
婉拒朋友的赞礼。

攀南山以提神,
面东海问手笔:
和平大厦
可有要严合的缝隙?
茫茫原野
可有要播撒的草籽?
街头巷尾
可有要清扫的尘埃?
邻舍小儿
可要帮揩一把鼻涕……

不管多么艰难,
忘掉那个时日!
用不老的心
启动新的寻觅。

(选自 2001 年 6 月号)

二〇〇二年

生命的海

张海迪

风，扬起
我的帆，
推着我走，
但，我是舵手。

（选自 2002 年 4 月号）

二〇〇三年

跨世纪有感

绿　原

昨日想说没说的话，今日还得说
昨日没办完的事，今日还得接着办
昨日想洗没洗的脏衬衣，今日还得洗
昨日没看完的连续剧，今日还得接着看
昨日滚滚东流的长江水，今日照样流
昨日令人仰止的高山，今日巍峨依然
昨日中国人的黄皮肤，今日照样不会变
可昨日是旧世纪，今日转眼到了新世纪
昨日是旧千年，今日转眼到了新千年
昨日是旧日我，今日转眼成为新我

昨日强国富民的先烈梦，今日转眼兑了现
昨日种种转眼譬如昨日死
今日种种今日生又是转眼间
尽管陌生的 200 在笔下时不时
被错写成写惯了的 19 几几
昨日庄子眼中不知春夏秋冬的寒蝉们
今日毕竟有幸在这一转眼之间向着
远古不知百年、千年的老椿树
仰头攀谈……

（选自 2003 年 2 月号上半月刊）

再过永安桥

林 雪

我会唱一首有关浑河的歌。

太阳下面的波涛啊！水面上那银币般的喉咙
岸边的少女望着我、我望着天空的麻雀
稻田里插秧的人们直起身。河堤路在沉默。

浑河啊！你的歌这样开始，无人来和

现在，我的笔写着河道上的微风？这首
最无用的诗，浸透了我的感情。孩子们正祭奠
谁的名字？当满月在河堤路洒下人们的影子。

高尔山上那鸣叫的鹰，转头飞过竖井？

下篇　新诗

在楼群中长大的孩子拾起它遗落的翎毛
那鹰的眼睛闪过城市的倒影。这夜之魂
这浑河之魂。一条河中总有鹰会出现

一首诗中时间的停顿。

我靠近浑河。浑河像后退了几步。我站着
为了能把她看清。七月啊，我们在距离中
热恋的姿势，象征着什么？

那河两岸的雨季快要来临。

再过永安桥，离别只是一种伏笔。在我
快离开的时候，她们把自己给了你。在我
快离开的时候，我感到幸福，就像一朵

抚顺籍的云，挂在浑河的天际。

著名的植物和矿物，生长在我的身体中
星星才有了引力，犁铧和手有了磁的属性
浑河的女儿，胸前有黄金的圣歌，在

蝴蝶的音符上，栖息着我的爱和忧郁。

隐现着的另一个世界。特别的诺言，与
我们成长时的信物。浑河的秘语啊
令青草倒伏，那精灵一样的鸽子

在珠玑一样的文字中间飞渡。

我梦见了生活的顶点。在浑河岸边,那下午
与凌晨 10 度的温差,将我的灵感唤醒

我的生活:一条独自的通道;穿过鲜血之门

穿过码好的豆秸和施过肥的土地。

抵达了星星和两岸的人民。

(选自 2003 年 5 月号下半月刊)

冬日的阳光
——给寒乐

食 指

你是否感受到了冬日的阳光
我可早已嗅到了她的芬芳
在经烘烤变暖的新鲜空气里
在吸足了阳光后略带煳味的衣被上

你可注意到冬天阳光的颜色
浅浅白白地加上稍许的鹅黄
哈气成冰的季节里就这点暖色调
透着严寒中人们的祈盼和希望

可得好好珍惜这暖暖的冬阳
外出走走,享受下这难得的时光
让阳光晒出的好心情随鸽群放飞
鸽铃声牵带出心中的笑声朗朗

淡淡的冬日的阳光不躁动不张狂
独坐在家中品杯茶是乐事一桩
悠闲清静中不妨读几页书
累了，便合上书本，闭目遐想

"冬天到了，春天还会远吗？"
品味着诗句微微睁开双眼
发觉暖暖的淡淡的冬日的阳光
正在缓缓地移出朝南的门窗

（选自2003年6月号下半月刊）

二〇〇四年

太空畅想曲

张 庞

那是一道扶摇直上的惊世航迹
那是一簇飞速拉起的冲天花环
望似嫦娥奔月舒广袖
且看呼啸云天舞彩练
啊　插着民族的翅膀
映着大地的笑脸
千年梦想编织了中国航天"情结"
一代天骄扬起了"神舟"载人风帆

遥望太空骄子箭步洞开天窗

曾收获蘑菇云的中国人
今朝弹着地球尘埃
驻足那片阳光公园
五星红旗　落户天宇
咀嚼遥远　食味甘甜
沉稳中带着几分调侃
读出这奥秘天书几多新鲜

哦　在这神奇而又冷寂的遥感世界
在这没有生命　没有空气
没有声音的"世外桃源"
漂游着大大小小的星际航船
以轨道代替河床　以叶板代替桨帆
巡视茫茫天河　月光星团

人类引颈长空　奢望天际
穿越大阳系时空隧道
一览众星　一望无边
银河系外　本星系群
星系团　本超星系团
广袤无垠　混混沌沌　一片浩瀚
正如地球上
山外有山　山川相连一样
开放的宇宙
天体无限膨胀　天外重天

这里重量不重　轻若蚕茧
失重状态俨然一副天平杠杆
这里仰卧起居有太空人的习惯
适者生存　智者牧天　优哉飘然

这里强辐射超低温的酷冷气候
封冻着丰厚的天然资源
供人类走出枯竭　雪中取炭
这里微重力超真空的生长环境
催化着奇迹般的良种孕育
让铁树绽放　昙花久现

这里航天飞机　宇宙飞船
一艘艘金梭银梭　承载着
人类的生命摇篮
这里宇宙移民岛　太空生物圈
恭候人间来客造访
拥挤的地球人
乐此不疲　获得舒展
这里宇宙速度骤然冲击 WTO 摊位
公平与效率　克隆白领蓝领集团
这里无声操作　天外刷卡
不敢恭维妄自尊大的美元　欧元
伟大与渺小
先进与落后
坚挺与脆弱
一切循着新的秩序刷新和改变
哦　这就是太空人的情愫
这就是太空站的质检
仅持一张旧船票
难以登乘太空船

云雀在霞光中衔来芬芳的桂叶
喜迎勇敢的太阳鸟自远方归来
人们讲述着古老悲壮的神话故事

尽情欢呼　翩翩起舞　高歌凯旋
地球村落那篱笆墙内的守望者们
打开眼界　远瞩高瞻
啊　飞船　好气派的中国飞船
还有年轻的中国航天员
张开我们翱翔的臂膀吧
拥抱太阳　拥抱灿烂
一个真正飞天的时代正款款走来
看　共和国旗帜舞动下的英雄儿女
正和着世界圆舞曲
收获金秋　播种春天

（选自 2004 年 1 月号上半月刊）

江心洲

路　也

给出十年时间
我们到江心洲上去安家
一个像首饰盒那样小巧精致的家

江心洲是一条大江的合页
江水在它的北边离别又在南端重逢
我们初来乍到，手拉着手
绕岛一周

在这里我称油菜花为姐姐芦蒿为妹妹
向猫和狗学习自由和单纯
一只蚕伏在桑叶上，那是它的祖国

在江南潮润的天空下
我还来得及生育
来得及像种植一畦豌豆那样
把儿女养大

把床安放在窗前
做爱时可以越过屋外的芦苇塘和水杉树
看见长江
远方来的货轮用笛声使我们的身体
摆脱地心引力

我们志向宏伟，赶得上这里的造船厂
在豪华想法藏在锈迹斑斑的劳作中
每天面对着一条大江居住
光住也能住成李白

我要改编一首歌来唱
歌名叫《我的家在江心洲上》
下面一句应当是"这里有我亲爱的某某"

（选自 2004 年 8 月号下半月刊）

世纪风

李少君

我没有登上山冈眺望的经验
却一直在费力地望过去
踮起脚，我从一大片涌动的人头中望过去也望不见你
我知道你不过是一本旧小说里走出的人物

拎着一张破报纸踽踽而行
二十世纪的旋风登陆的时候
你穿过长街
不知到哪儿去避一夜风雨
淋湿了的长衫很潇洒地掀动
如今我戴着鸭舌帽
伸长脖子在望你
望得脖子酸疼了也不肯低头
你也许从此不再露面
我却不怕人们嘲笑我艰难的姿态

(选自2004年11月号上半月刊)

登云蒙山

查 干

系一双千层布底儿鞋
你就可以攀岩采药了
竹杖
是一个总不服老的伙伴
侠意一旦涌上心来
就执意拉你去远行
而鸟歌又总是暖人心怀的
借得一山映山红
雾谷云崖为你掌灯
有灯的山路真好
有诗的人生真好
有药草采的云蒙山真好
何况还有一头白发

潇洒成溪流　在你身后
飞着　飘着

（选自2004年11月号上半月刊）

二○○五年

故　乡

叶玉琳

没有理由骄奢和懒惰
推开幸福的大门
上帝只给了我一件特殊的礼物：
一个又低又潮的家
我的父母又黑又瘦
他们馈赠于我的
贫穷是第一笔财富

常常独自一人眺望山坡
那怯懦而又沉默的儿时伙伴
映衬了我　他们
身边的少女已摆脱了病痛
学会高声歌吟
以自己创造的音调

有一天我歌声喑哑，为情所困
我仍要回到这里，苦苦搜寻
一大片广阔的原野和暖洋洋的风
金黄的草木在目光中缓缓移动

戴草帽的姐妹结伴到山中割麦　拾禾
我记得那起伏的腰胯间
松软的律动
美源自劳作和卑微

她们之中有谁将突然走远
带着一身汗泥和熟悉的往事
消失在重重雾岚
我是如此幸运，又是如此悲伤——
故乡啊，我流浪的耳朵
一只用来倾听，一只用来挽留

（选自 2005 年 9 月号下半月刊）

流水线

郑小琼

在流水线的流动中，是流动的人
他们来自河东或者河西，她站着坐着，编号，蓝色的工衣
白色的工帽，手指头上工位，姓名是 A234、A967、Q36……
或者是插中制的，装弹弓的，打螺丝的……

在流动的人与流动的产品穿行着
她们是鱼，不分昼夜地拉动着
订单，利润，GDP，青春，眺望，美梦
拉动着工业时代的繁荣

流水的响声中，从此她们更为孤单地活着
她们，或者他们，相互流动，却彼此陌生

在水中，她们的生活不断呛水，剩下手中的螺纹，塑料片
铁钉，胶水，咳嗽的肺，辛劳的躯体，在打工的河流中
流动

流水线不断拧紧城市与命运的阀门，这些黄色的
开关，红色的线，灰色的产品，第五个纸箱
装着塑料的灯、圣诞树、工卡上的青春、李白
发烫的变凉的爱情，或者低声地读着：啊，流浪！

在它小小的流动间，我看见流动的命运
在南方的城市低头写下工业时代的绝句或者乐府

（选自 2005 年 12 月号上半月刊）

二〇〇六年

家

黄灿然

家是选择性的，
你不站在这一边，
便要站在单身那一边，
没有回旋的余地
并且犹豫的时间
也没有多少年。

我站在租来的家的阳台，
手扶着剥落的石灰，指尖

触到一根腐烂到腰身的
青草,是青草:它的下半身
还是那么年轻,用
腐烂的顶端做它的头。

女儿最像一株植物,
长得比植物还快,
才刚刚毛茸茸的,
突然间变成了嫩枝;
我几乎没有注意到
她抽芽吐叶的日子。

妻子像夏天,像雨伞,
像一只蜂后,但她采蜜
——从我枯瘦的胸膛。
她心里有一根弦,要我
时不时拨弄,但不能
太响、太尖、太刺耳。

我在几寸光阴里
装满抱负,
像货船上的水手
平稳又不安,靠想象

过日子,而想象
确实可以提供风暴

这露台,未尝不是船舷。

(选自 2006 年 7 月号上半月刊)

想象的青藏铁路

张凤奇

1

我想的青藏铁路
是一个千年铺展的梦幻
血肉的根须
钢铁的枝蔓儿
一直伸向拉萨的月台
结出的果子叫梦圆
我想的青藏铁路
是大地飞龙的蓝天
能望见银的河，青的海
云的白帆
能望见湖泊的星星
藏红花烂漫的高原
圣洁的雪山
和盛开的美丽雪莲

2

青藏铁路，庄严的正午
那些抵达灵魂的阳光
使阴影寻不到安置的地方
建设者急促的喘息，以及
黝黑的皮肤，粗粝的手掌
一滴泪水，一抹汗水
都闪烁着晶莹和高尚
青藏铁路，伟大的苍茫
汽笛的音域网不住鸟的翅膀

人躺下是路基
人站立是路碑
生命禁区是精神的故乡
无人区里升起人烟的旗帜
常年冻土种植火的歌唱
远山很远，近水不近
所有脚步都是里程
所有的道路都指向前方

假如风暴不来敲击门窗
假如萤火虫飞舞闪亮
爱情和思念也会乘机生长
我在期盼团聚的时日里
想修一条铁路连接千年祈望
我在信徒朝觐的跋涉中
想修一条铁路通往人间天堂

3

其实，我向往的血液
一直在风沙的叶脉里奔驰。
青藏高原，世界屋脊
谁有神力，谁有灵气
搭建起一架偌大的天梯
我要到喜马拉雅山上
捧回最纯净的雪水
我要到布达拉宫
接受最圣洁的洗礼
我要到我的梦想之外
发现内心的恬静和栖居的诗意
我想的青藏铁路

从梦幻中来
到现实中去
我想的青藏铁路
从现实中来
到史册中去

(选自 2006 年 8 月号下半月刊)

二〇〇七年

交谈进行时

冯 晏

你在讲，碎了空气
你讲的，我自认为都能包容
除了从纽扣的缝隙间
透露出的星光隐私之外
看来，今晚只需要我做好灯罩
遮一下光辉，让夜在朦胧中
听一个人弹奏。不，是两个
宏大但不疼痛，我不喜欢
从一根琴弦的断裂进入，直到
整片草原枯萎，冷风穿过的
你的内心我从未去过
细胞之波切割的白云已经变软
我小时忧郁，像被碰断的灯丝
可后来外向，今天几乎做了
语言的使者。我知道，走回你

感觉最冷的朝代估计要晚些
低谷是荆棘的刺，扎进手指
拔不出去的时候，是你的哪一年
是我的哪一年？那时
光能到心灵上坐一分钟
会整夜失眠，而今，整天喝酒
幸福得和许多动物一样
生死感觉粗糙。嗨！你也是吗

（选自 2007 年 11 月号下半月刊）

二〇〇八年

四 月

蓝 野

祝福刚出洞的蚂蚁
他们终于从自造的天堂里逃出
天空多么明亮
那探向空中的树干多么熟悉

祝福狗尾巴花的根部
那小小的根八方奔走
一个月后的穗儿
正是十年前两个少年恋爱的理由

祝福那块石头的宁静
他忍受过热也忍受过冷

他的沉默不会走掉
他的沉默得到过火山的允许

祝福我也请忽略我
春天给我的已经足够多
我会轻一点活着
不去惊醒不想醒来的每一粒尘土

祝福那位出售梦幻的长者
祝福那双累了的鞋子
祝福稻草人，他将开口讲话
祝福风的影子，他回来过又已远去

（选自2008年4月号下半月刊）

夏　夜

胡　弦

明月朗照。睡在槐树下，偶尔醒来，看见远方山影的
荒凉废墟，田野上，有搬不完的银子
我并不孤单，织女星像年轻的母亲
她有那么多孩子，而我是唯一睡在槐树下的一个

多少年了，像一直还在睡眠中，露水也没有什么变化
月光下，无数河流，慢慢汇聚，冲决
先是梧桐叶，而后是烟叶，倾斜，仿佛偶尔一两声
夜鸟的啼鸣所至，有过微小的晃动，在黑暗，和浅梦中

（选自2008年8月号上半月刊）

二〇〇九年

茅兰沟的风声
谢建平

晨光半阴半凉显得很老
我战栗地扶着无序的斜光，
走下石阶

那光微凉而轻
它托不起我的记忆和诗意

一棵伫立的白杨树
接住我的手和虚空的梦
我看出它未褪色的秋衣上
依旧写着倦怠的梦境

我知道茅兰沟低处的生活
秋末一样小心地凋谢着树影的忧虑
也滋生着幽暗的荒野中
那半透不明的阴湿带

我摸着茅兰沟梦的边缘
有冷光沾着的故事还在忧伤

不过
我还是颤巍巍地离开了
那隐约的白杨树无意的乐动

它很轻

像我的呼吸

（选自2009年1月号下半月刊）

居通州记
谷　禾

我有补丁大小的蓝天，指甲盖儿大小的
云彩，我有明灭的风雨和灯盏
我有芙蓉园小区的511房，这里不面朝大海
也不春暖花开
但我有属于自己的旧书桌，有半盏台灯
深夜里醒来，望着房顶发呆到天亮
我左手的六环路上星辰寥落，右手的运河啊
它从不关心桥上红绿灯的节奏
我还有变幻的早晨和黄昏
长安街继续向东延长，它带走了我双鬓的乌黑
周末的运河广场上
我有缤纷的风筝，咕咕叫的鸽群
绸缎似的草地，和草地上
忘情交配的小蚂蚱
我有草叶绵绵的情话，它们以露珠的形式表达出来
但又如此短暂，仿佛眨眼就已消失
在通州，我还有三千里的思念夜夜穿过母亲的针眼儿
它无限大又无限小
我有臃肿起来的身体，我有悬空的

泥土之心。它被轰隆隆的钢铁一次次撞击着
碎成了齑粉……

(选自 2009 年 6 月号下半月刊)

二〇一〇年

远眺祁连山

谢克强

阳光　一寸一寸醒来
醒来的阳光　追着鹰的翅膀
追着黛青之上的白

那是秦汉唐宋的雪
如今　那见证驼铃和丝绸之路的雪
也随驼铃丝绸之路走远

没有走的还在峰顶坚守
以冷　以冽　以旷世的坚韧
与阳光冷冷对峙

这时　车晃动了一下
我看见　远处山峰起伏的雪线
骤然往上退了几米

那是溪流河水源头的雪

那是人类生命源头的雪
醒来的阳光　你知道吗

（选自 2010 年 1 月号上半月刊）

一个梦
娜　夜

一个小站
一些冷风
我老了
车票也丢了
时间拎着它的风雪
我提着我的小提琴
这多好
我老了
我的梦让我看见：我爱过的那个人
像爱我时一样年轻　相信
爱情！

（选自 2010 年 3 月号上半月刊）

两扇窑洞的门
聂　权

两扇刻着门神的门
打开
便可望见　脚下不远处

干涸河沟里的椭圆卵石
便可望见对岸
悠远的天地

两扇　与云与天接壤的门
古旧门轴转动"吱扭"一声
便可望见天上的翠色
地上的云裳
望见逶迤道上
赶毛驴驮垛　上下山的人

两扇　连接着劳动晨昏的门
它们无数次地打开
阖上
现在　它们仍然在
二十多年前　渐黑的暮色中打开着
香表姨　"呼哧呼哧"地推拉着年久发
黑的木风箱
转头喊我吃饭
便看见了我
半袖小衬衫　背带黑短裤
小胳膊小腿的
推着铁圈欢呼　上下坡的童年

（选自 2010 年 7 月号上半月刊）

二〇一一年

1980：寻找到了黑色的笔记本

海 男

一个渴望产生了，那是一个阴郁的星期天
我穿过了永胜县的大街小巷
穿过了叫卖山茶花和水豆腐妇女们的眼帘
我穿过了属于我自己的一片柑橘似的果园

九点半钟，我已经气喘吁吁地来到了
县百货公司文具柜台前，买文具的女人
脸上散发出八十年代雪花膏的香味
纯齿雪白，笑脸像春天的某朵山茶花

她帮助我从柜台上寻找到了黑色的笔记本
我用五毛钱就买下了要我命的笔记本
怀着喜悦，我送给了那个女人灿烂的微笑
就这样，我穿过了街角的阴郁回到了小屋

1980春天的夜晚，我头一次开始不眠
并且在黑色笔记本上写下了第一首诗歌

（选自2011年6月号下半月刊）

高原上

朵 渔

当狮子抖动全身的月光,漫步在
黄叶枯草间。我的泪流下来。并不是感动,
而是一种深深的惊恐
来自那个高度,那辉煌的色彩,忧郁的眼神
和孤傲的心。

(选自 2011 年 9 月号下半月刊)

二〇一二年

口 琴

刘 年

一
想去乡下教书,
远一点,偏一点,穷一点,
都不要紧。

二
只有八九个学生,也不要紧。
既是各科老师,又是主任,又是校长。

三
语文课,

我要和他们一起,读李白的《将进酒》。

一起摇头晃脑,

一起,把什么都忘掉。

四

音乐课,

我教他们《骊歌》。

清新的童声,会像燕子一样,

飞出很远很远。

如果担心听出泪来,

就走出教室。

外面,种着一树无花果。

五

美术课,

会带他们去村头,

画什么都可以,

那里有田野,小桥,老牛,藕花。

或许,还会有路过的大雁。

六

放学后,

学生都走了。

就一个人坐在矮墙上发呆。

七

山村的夜,

会很静,很长。

不要紧，我带了很多书。

八

我还带了口琴。

（选自 2012 年 6 月号下半月刊）

此刻生长的

杨庆祥

此刻慢慢生长的
是风
她的裙子华丽
她的肩，植有一棵树

此刻慢慢生长的
是树
身材纤细
她的睫毛如猎豹，守护森林

此刻慢慢生长的
是大阵大阵的风和大片大片的森林呵

万物生长
又何曾顾及他人的目光？

（选自 2012 年 7 月号下半月刊）

在回蒙城兼致旧时同窗族老人

王单单

斜阳染红连绵起伏的哀牢山
像六颗血淋淋的心并排在一起
坍塌的地方，是你们
离别时留下的破碎
相隔十年，我又回到蒙城
奈何明月沧桑，城内无故人

小白，滇西遥远，边关萧瑟
你要学会塞上吹箫，填补内心的空
吉克，彝人之子
传闻你把山鹰当作父亲
早为人夫，做了一个村姑的土司
乔兄，南湖水深，你的睡莲已醒
毕业无多时，她便绽放在别人的波心

阿明，未曾离开过故乡的阿明
像上帝吐出的籽粒，在宣威落地生根
大志，你与雪山比邻而居
请邮寄我一捧雪，晦暗的心需要洁白
我刚从悲伤的悬崖上退回来
丧父半年，至今心有余痛

十年啊，山还有棱，江水仍不竭
岂敢与你们走散
时常想起旧时光　时常梦里回蒙城
这一次，我真的来了

来到我们灵魂的故乡
趁年轻,你们也要来走走
生时多熟悉故乡
死后,魂才不会陌生

（选自 2012 年 12 月号上半月刊）

二〇一三年

在新疆莎车,遇见一位骑着毛驴的维吾尔族老人
龚学敏

在莎车,在一条都塔尔弹奏出的路上,胡杨们像是我的亲戚。
我在一本书饮水的时候,把草播到了毛驴们浪迹过的源头。
老人在馕些许的盐分中教我唱歌,教我把胡须种在广袤的
疆域中。红柳开花,只有一丝的红,
就可以让我怀揣的情歌,
情不自禁。直到月亮的银绸中,
老人咳嗽的声音,被都塔尔随意地弹成一枚枚的玉。

我在葡萄的门槛上跌倒成酒。睁着双眼的毛驴,
替我彻夜读书。毛发长在脸上,
何以姓胡,名须。身旁还有可以弹断泪水的都塔尔。

我把仅有的年龄放在歌声晒过太阳的瓜田里。
老人的花帽,
一路灿放过来。我只是花白,像是一尾熟透的鱼。

在莎车，在一条都塔尔弹奏出的路上，水做的玉石，
铺陈在我用辽阔写成的大地上。琴弦一拨，
我生于蜀地的名字，越渐渺小，在西域的夕阳中只需一步，
我便成一个老字了。

还有身姿干燥的女人，单薄成纸张的诗歌，可以靠着，
一棵叫作都塔尔的树，生活。

在莎车，一双叫作都塔尔的细手，在叶尔羌河隐秘的水中，
给我的女人梳头，描眉。毛驴的白，泊在我想象不及的鸟鸣旁边。
老人说，昆仑不是山。是呀，昆仑是昆，你要读懂。

（选自 2013 年 1 月号下半月刊）

二〇一四年

雁荡山，或我们确实有过可能的山水协会

臧 棣

很可能。复杂从来就没想过
要难为我们。比如，有过可能的山水，
但，绝不会有复杂的山水。
在秋天的雁荡山，这局面
更像是，风景对我们的忠实，
而非我们对自然的忠实。
说到对自然的忠实，从最深的记忆里
醒来的东西，眨眼间便犹如
飞流的岩瀑，向我们手中无形的杯子

不停地，倾倒可口的山水，
直到我们的心脾崛起为我们的口碑。
自大龙湫返回，从不紧张的山水
一再表明：我和你，很像我和鸟；
或者，你和我，很像你和树。
真的会有这么简单？假如你问的是
我们还有没有和山水同样的机会，
我想，我的回答只能是这样。

（选自 2014 年 2 月号下半月刊）

听　潮

耿林莽

不眠。不眠是一扇打开的窗，
窗子外面是，夜的海，苍茫而遥远，
但是，我听见了她的脚步声，在寻觅：

谁的脚印，留在了沙滩？
是水手。远航轮发出了喑哑的呼唤，
渔家女小小足迹组合的梅花：一枝，两枝，散漫而零乱。
贝螺的眼睛是睁着的，一枚薄薄的碎片，腹中的柔软，早已被掏空。
绿色藻缠绕的鹅卵石，还醒着：唯一的亮点。

哗哗的潮声在展开，展开又收缩，
海波纹一叠一叠，唇之吻，吻遍了每一颗沙粒。
（大海的狂人，怎会有如许阴柔情？）
沙子们一个个胆战心惊。

潮声固执地往返，来了，又去，去了，又回。
一遍遍击打着断崖，残壁，飞溅出空洞的回音。
沙滩上的脚印，早已荡然无存。
一条被放逐的鱼，僵硬的尾巴上面，浮满了盐的苍白。

潮声往返，来了，又去；去了，又回。
听潮人的梦：击成了
破碎的陶罐。

（选自 2014 年 3 月号上半月刊）

二〇一五年

黄昏里的拖拉机

张二棍

必须要认真写写它了
像写亲人一样
这黑黝黝的家伙
它背弃了我童年的印象
在夕阳下，在院子里
沉默，温顺

"像个暴脾气的伙计"
想一想，那时候我多么小　人
父亲一只手就托起我
放在它的怀抱里。甩着膀子
摇几圈，突突突地走了

一路上，扬起的黄土
和冒出的黑烟，仿佛
父亲大嗓门的歌声一样
占据了整个人间

很多年来，它停在这里
旁边挤满了闲置的农具
它不抱怨，也不讲述
静静的，等待风雨的侵蚀
也许，它早就把路跑完了
也许，它还能吁吁地动弹几下
可在屋里咳嗽的父亲
却没什么多余的力气
甩起膀子，摇动它了

（选自 2015 年 1 月号下半月刊）

彩虹出现的时候

张执浩

松树洗过之后松针是明亮的
河流浑浊，像一截短裤
路在翻山
而山在爬坡
画眉在沟渠边鸣叫
卷尾鸟在电线杆上应和
松树林的这边是松树
松树林的那边除了松树
还有一群站在弧光里的人

他们仰着头
他们身后的牲畜也仰着头

（选自 2015 年 6 月号上半月刊）

父 亲
刘 汀

生活把全部重量给你
你却轻盈
一手夹烟一手端酒
这世人称颂的毒药
是你苦难的甘饴

在可数的日出中，我们
一起种田
把禾苗与杂草分开
一起读书
把词和词连起来
当你坐下休息
我的世界就完整了

时光的天平终将倾斜：
我落向支点
而你滑去远方
父亲，我爱着你
我爱所有赋予意义的距离

（选自 2015 年 11 月号下半月刊）

二〇一六年

我认识她的时候

李 琦

我认识她的时候，她已变成铜像
在哈尔滨，以她命名的街道上
她青铜的目光遥望山河
遥远之处，是她南方的家乡
是迷蒙的未来，是她生前想看到的一切

青铜的身影和面庞在风中叠印
白山黑水的战场，刑讯室……
逃跑的马车，绝笔信……
英雄，英雄不只是气壮山河
还有心事浩茫，还有肝肠寸断

曾有年迈之人，来到铜像前
默默地凝望，神情肃然
他们是她从前的战友，早已年过古稀
在生命最后的段落，向她致以军礼

每年清明，都有鲜花和祭品
一次，一群孩子刚结队离去
忽然，有个男孩儿飞快地回转
他气喘吁吁，只是为了献上
一只从衣兜里掏出的苹果

（选自 2016 年 3 月号上半月刊）

在永失中

陈先发

我沿铿亮的直线由皖入川
一路上闭着眼,听粗大雨点
砸着窗玻璃的重力,和时光
在钢铁中缓缓扩散的涟漪
此时此器无以言传
仿佛仍在我超稳定结构的书房里
听着夜间鸟鸣从四壁
一丝丝渗透进来
这一声和那一声
之间,恍惚隔着无数个世纪
想想李白当年,由川入皖穿透的
是峭壁猿鸣和江面的旋涡
而此刻,状如枪膛的高铁在
隧洞里随我扑入一个接
一个明灭多变的时空
时速六百里足以让蝴蝶的孤独
退回一只茧的孤独
这一路我丢失墙壁无限
我丢失的鸟鸣从皖南幻影般小山隼
到蜀道艰深的白头翁
这些年我最痛苦的一次丧失是
在五道口一条陋巷里
我看见那个我从椅子上站起来了

慢慢走过来了
两个人脸挨脸坐着

在两个容器里。窗玻璃这边我
打着盹。那边的我在明暗
不定风驰电掣的丢失中

（选自 2016 年 8 月号下半月刊）

傍晚站在玛曲的草原上

隋 伦

云缓缓堆了过来
青山上站起一座塔
风从山谷吹到山上
又从山上吹向更远的天空

路旁伸进地里的各色旗帜
没有方向地摆动着
我往一条石头堆成的小路走去
把两旁的野草当成
夹道的彼岸花
越往前走，风声就越大
彼岸花就越往地上撞

我猛然回头
那野草还是野草
只是，它头顶的天空
已布满繁星

（选自 2016 年 10 月号下半月刊）

中华银杏王

丁 鹏

向前的生命之舟,轻盈地
从永恒轮回的漩涡
抽身而出。四千年
她将自己修炼成一鼎炉

将阳光炼成黄金
将诸神的黄金炼成众生的泥土
将回放的月光炼成还魂的药
将沉默的石头炼成

以目裂日,以笔通天的
大将、狂士与革命者
大地在被炸裂和切割的

创伤中复苏。她在摧毁一切的
暴风雨中保存。沂河的河灯
在银河中复现——闪闪的红星

(选自2016年11月号上半月刊)

信札,或横琴岛的四个夜晚

霍俊明

"见字如晤。"
"来信收悉。"
"顺颂秋安。"

"吾兄台鉴。"

生和死是一封信的开头和结尾
多么烂俗的比喻
为此却耗尽了一生的理屈词穷
那最后的尾韵让人恍惚

山河无尽
可在信札中安身
托钵僧收容信客的灰烬
异乡人正在收整自己的残衣

海滨墓园的冬青树
已经被另一个诗人写完了
大海不再提供蓝色的解药
挺立的树也是孤独的树

渔火，灯光，眼眸里的星光
这一切太虚假了

鸟雀踩踏过低矮的灌木
有不知名的叫声
蒙面、蒙尘、蒙羞
都镌刻在了水泥的墓碑上

带着星空云图的人
也带着那些小麦色的信札
多么美妙而虚妄的时刻

（选自 2016 年 12 月号下半月刊）

如果长江的源头始于善

徐南鹏

我和沿岸的人一同承恩
像每天承接阳光和空气
在这一点上,我和鱼,和苇草
没有区别。

我能够做的
是把别人给予的善意
作为火种,播种在荒原
世上的人,本来都是我的亲人

对我施的恶,我全部承接
并且镜见恶的根
无一不是长在自己身上

我要用许多时日
从身体的泥中,把它一点一点挖出来
并且用清清长江水
濯洗伤口

(选自 2017 年 7 月号上半月刊)

光 谷

车延高

1

算不算流失
当年,那么多精英去了硅谷
说实话
现在心里才算有底
很多声音在说
美国有硅谷,中国有光谷

2

如果世上真有神
这里的一切是不是神在起作用

楼长那么高,腰在半空里
一年拉出的光纤
可以绕地球一千七百万圈
一根头发丝细的光纤
可以让二十四亿人同线对话
一平方毫米面积的钢板上
打出二十个直径八十微米的孔
中国每出产五部手机,就有一部
诞生在这里

这里很牛,切割手是隐形的
光走过,不留任何切屑

乔布斯没来过这里

研究乔布斯的人说：乔布斯不是神
下一个黄皮肤的乔布斯
可能产生在这里

3

我琢磨了很久
汉阳造，是一杆老枪
武汉造，是一个产业群
青桐会，是潜力股
光谷，是硅谷的对手

4

不管是光纤陀螺的本事
还是人的本事
能让光束按预先设计的轨道走
辐射就算懂事了
知道躲开人的保护部位
这挺好的
多了一个不拿薪水的保镖

5

尽管光谷不是稻谷
资本这只鸟儿会成群飞来
时间在验证
马云盯着这里
世界五百强也在抢滩

（选自2017年8月号上半月刊）

幽州帖

李　瑾

此处已是三月　白雪低头　斑斓的暮光
站在小径背部　北方的平原比荒草更矮
春风离开山川　均匀地吹拂着冬季
一列火车替我驶向人生深处　我腾出身
以尽头接纳着流逝：在尽头　几只麻雀
爱上了荒野
而我　过早地爱上了白桦树
白桦林中
一些小草缓缓发芽　一些小草缓缓枯萎

（选自 2017 年 8 月号下半月刊）

陆家嘴

缪克构

经济脱实向虚
陆家嘴是反对的
在寸土寸金之地
它越长越高
东方明珠、金茂大厦、环球金融中心、上海中心大厦
每一次拔节
它都没有虚度年华

与纽约来客谈完一桩国际并购
我喜欢到国金中心的五十八楼
吃下午茶

烈日下的黄浦江
安静极了
上海证券大厦显示屏上的股指
竖起耳朵
倾听外滩海关大楼的钟声
一艘巨轮的隆隆驶近
也不过是一张轻轻翕动的羽翼

有那么片刻的眩晕
让我以为已经君临天下
其实，我的头上，头上头
都还在陆家嘴的脚下

金融城的脑际有一片云
贮存着层层叠叠的密码
可以敏锐地捕捉到
密西西比河每一丝细微的风暴

（选自 2017 年 10 月号上半月刊）

朱日和：钢铁集结

刘笑伟

这是战斗的集群在集结，
在辽阔的、深褐的大漠戈壁疾驰，
翻腾起隆隆的雷声。
犹如夏日的篝火，用暴雨般的锤击，
为祖国送去力量和赞美。

这是战斗的集群在集结。
金属浸透迷彩，峥嵘写满军旗。
中国革命的果实，在我们思想的丛林
扎下深深的根：长征，依旧每夜
在灯光下进行，延安窑洞的烛火
响彻我们灵魂的四壁。

我们是中国军人，
是绿色的海洋，是枪炮所构造的
金属的鸽子，是夏日乐章中
最热烈的一节；是峭壁上的花朵和黄金，
是转折关头升腾的烈焰，
是凤凰涅槃般的浴火重生。
我们守卫着黄河的古老，
守卫辽阔的海洋和天空，
以及敦煌壁画的色彩。
我们热爱的云朵，垂下雨滴
守卫祖国大地上每一粒细微的种子。

这是战斗的集群在集结。
电磁的闪电蓄满山冈，
巨舰驶向深蓝。
我们是深山密林内，大漠洞库里，
直指苍穹的利剑，
是冲击蓝天的极限飞行。
是惊涛骇浪里，潜在最深处的
无言的威慑。我们是神舟，是北斗，
是天河，是天宫，是嫦娥，是蛟龙，
是写在每个中国人脸上自豪的微笑。

这是战斗的集群在集结。
我们是强军征程上，品味硝烟芬芳的
年轻的脸孔；是迈向世界一流的
热切的渴望；是热血开在身体外的
漫山遍野的红杜鹃。

只要有古老的大地，只要有复兴的梦想，
只要有美丽的人流和耸立的大厦，
我们就会永远用警惕的姿势抗击阴影，
只要有祖国的概念，只要和平与爱情，
我们军人的意义就会永远
在大地上流传，绵绵不绝。

（选自 2017 年 10 月号上半月刊）

电　子

秦立彦

当我俯身向春天的花枝，
也许在我身体的最深处，
有一粒电子刚刚获得了意识。

它看见了浩瀚的时间和空间，
看见无数同类——
隔着海，隔着山，
它无法脱离自己的轨道，
它极目眺望，
地平线总是那样遥远。
它想知道这一切的用意，

和这一切中它在怎样的位置。

我们何尝不是宇宙的电子？
也许就在此时，
宇宙正向一枝花俯下身去。

（选自 2017 年 11 月号下半月刊）

二〇一八年

万县之夜

王自亮

山城。巨大的礁石
傍晚时分，轮船拢岸
人群潮水般涌上来
哦，湿淋淋的万县之夜

竹篮里的橘子、背篓
川藤制成的靠椅
还有无价的风、群星
市声喧哗，使人忘记背后是长江
仿佛从另一个世界归来
重温亲切的往日
旅行包，变得鼓鼓囊囊

号子依稀传来，街上行人散去
（找个旅馆。该歇一歇了）

……还是号子,伴以悠远的江声
仿佛万县是号子的故乡

就凭这夜色、涛声和号子
去"知青旅社"投宿时所走过的
陡峭的街
街头摆地摊的小姑娘
结识了单纯如民谣的万县之夜

(选自 2018 年 1 月号上半月刊)

起飞中国
——祝贺国产 C919 大型客机首飞成功

宁 明

我的生命注定要写进这一天的日历
从跨进驾驶舱那一刻起
我就把自己都交给了 C919
它也把命运交给了我
这一天,上海浦东机场的天空阳光明媚
把试飞现场几千人激动的心情
也映照得像五月一样晴朗

我调匀呼吸,再次仔细检查每一项座舱设备
仪表板上的每一只指示灯
都向我意味深长地眨着明亮的眼睛
它们像刚踏上花轿的新娘,眼神儿里充满了
难抑的激动,和掩饰不住的一丝紧张
而此刻的我,心情和 C919 一样

彼此怀揣着好奇，一次次把对方深情地凝视

我了解 C919 不平凡的身世
也听说过它背后藏起太多的动人故事
它是一个吃百家饭长大的孩子
血液里流淌着几千名设计师的腾飞梦想
就连身上穿的衣裳，也是来自祖国的四面八方
——有成都的帽子，江西的上衣，哈尔滨的鞋子
还有西安的风衣，沈阳的裤子，上海的领带……
这样的完美组合，才更具一副中国的气质

我还知道，C919 是一个腹有诗书的才子
据说，它有六项学问至今无人可及
能与这样的优秀者做合作队友
是我的荣幸，更是一种信任的依托
我和 C919 神情肃穆，静静地昂立在起飞线上
只待那一句"起飞"的口令

发动机涡轮叶片的旋转比思绪更快
我收回想象，目视笔直的通天大道伸向远方
将心中按捺不住的冲动，用刹车止住
C919 在静止中积蓄着冲刺的力量
我的心和它一起震颤，一起渴盼
巨大的轰鸣声淹没了外界的一切窃窃私语
一个大国的自豪，即将起飞

我感受到了 C919 的巨大推力
它正在让一个民族的伟大梦想不断加速
跑道两侧的障碍物统统被甩在了身后
速度表上的数字在迅速攀升

我在耳机里仿佛听到了自己的心跳
加速滑跑，再加速、加速——
C919 终于盼到了昂首挺胸的时刻

我双手握紧驾驶盘，像轻轻托起
一颗初升的太阳，又像托住了一个初生的婴儿
飞机挣脱大地怀抱的那一刹那
我的心倏然下沉，虽意志决绝，而又依依不舍
这多像十月怀胎的母亲，猛然听到了
那一声让人喜极而泣的幸福哭喊

今天，所有的云朵都格外洁净、安详
它们轻轻擦拭着 C919 修长的双翼
像抚摩一位新过门的蓝天女儿
C919 尽情地沐浴在万里春风和灿烂阳光下
比游弋在大海中的大白鲸游姿更美

飞翔中，我的意志被插上了自由的翅膀
其实，我就是一只巨大的白鸟
用羽翅在蓝天上描绘一幅最美的图画
我要让日月星辰和所有仰望的眼睛
都能看清，并牢牢记下 C919 潇洒的身姿
记住 2017 年 5 月 5 日这个神圣而庄严的日子

是的，我用使命把 C919 送上了天空
我的生命，从此注定要和 China 焊接在一起
天空不再只会掠过 A 字头和 B 字头飞机的身影
更多 C 字头的飞机，将跟随我一起起飞
一个庞大的机群，将穿行在地球未来的上空
用一条条纵横交错的航线

编织出一张巨大的天网，为全人类
日夜打捞，最吉祥、美丽的礼物

（选自 2018 年 1 月号上半月刊）

物联网小镇

王学芯

在吴越的古老土地上诞生
鸿山小镇筑起物联网的巢
看不到的流转波纹
形成秒针回旋

每一个分割都在互联
每一个互联都在意会
传送和网络　集成最简单的术语
数据被潮流引导　被

意识融合
缝隙中的资源和孤独
在一个发光的键盘上进入空气
如同公共大道
沟通毛细血管一样的小径

越过篱笆和壕沟的万物相连
市场如同一个云池出现
微笑曲线
把一个典型的江南集镇
变成世界的城市模块

鸿山的辽阔飘起云彩
一大片柔和的光或树叶过来
使日子和事物
在依存中轻盈上升

（选自2018年2月号上半月刊）

海南书

李满强

一

当我在纸上写下：海南
远方的三角梅就开了
高大的椰树林，就在晨光中频频招手
当我在祖国的版图上
辨认出我的崖州、琼州，辨认出我的
千里长沙、万里石塘
一株百年黄花梨柔软的金丝里
就荡漾起古老的乡愁

二

这是从冰凉的海水中成长起来的海南
这是火山曾经奔涌不息的海南
这是丝绸舒展、瓷器闪光的海南啊
这也是苏东坡和海瑞念念不忘的海南
当赤道温暖的洋流再度抵达天涯海角
当浩大的春风，在南方骤然生成
共和国年轻的孩子，脱胎换骨

在 1988，开始扬帆远航

三

在海口，我曾和一个当年"下海"的诗人彻夜长谈：
那时，大海荡漾着迷人的召唤
这年轻的土地，期待开垦、播种和繁殖
期待着以最快的速度生长
湖南人、四川人、陕西人、甘肃人……
仿佛世界上所有的人都来到了海南
旅行者、淘金者、冒险者，建设者、梦想家……
在海南，都如鱼得水，都找到了用武之地

四

此后，你看那潮头涌动之处
红树林开始迅速生长。万泉河水
泛着欢乐的波浪。一只漂泊多年的渔船
迅速辨认出了高高矗立的木兰灯塔
莺歌盐场，炽热的阳光和风
一次次重新塑造着大海的形状
三亚、博鳌、琼海……一个个古老的渔村
在时代的春风里，变成了四季花园，度假的天堂

五

跟我去看看三沙吧，去看看
那里的每一个沙洲，睁大了眼睛的蓝洞
当永兴岛上的红旗
在清晨的第一缕阳光之中缓缓升起
你看，祖宗海上
那些美丽的珊瑚，游动的鱼群

一只只在海底自由走动的梅花参
都长成了自己想要的模样

六

时隔三十年，当我在北方高原上掉头南望
我确信，海南啊，那就是我梦中的诗歌和远方
当我坐着环岛高铁，在丰收的阡陌中穿行
当那高高的航天发射塔，一次次
向太空送去我们的问候和探索
当那探海的蛟龙，一回回从深水中成功返航
我坚信潮起潮落之间，已是世事更迭、换了新天
南海上的每一粒沙，都积聚了新的力量

七

而现在，建设美好新海南的宏图已经绘就
而现在，阔步迈进新时代的号角已然吹响
你听，每一朵跳跃的浪花，都在歌唱幸福的愿景
你看，每一艘出港的巨轮，都有着自信的航向
在海南，我曾见明月高悬、海风温柔
守护着一个民族不变的初心
在海南，我曾见旭日东升、金光万丈
辉映着一个东方文明古国崛起的梦想！

（选自 2018 年 3 月号上半月刊）

中国制造的高纯晶硅

龙小龙

我看见一种有形或者无形的力量
集合着一支队伍
某种一盘散沙的状态终于凝聚成固体物质
具有前所未有的质感和硬度
引领着时代的元素周期

我看见原始的蛮荒与粗野
经过洗礼、合成、精馏、冷凝和还原
经过深层次的围炉夜话
达成了一次又一次的理解与默契
弯曲的道路被工匠精神的热情拉成了
笔直的梦想

我看见种植的黑森林,和小颗粒的阳光
中国的金钥匙,打开了西方的封锁
赋予大格局的意识形态
那闪烁的半导体,正满怀笃定的信念
走向岁月的辽阔

(选自 2018 年 4 月号上半月刊)

麓山红叶

梁尔源

当月亮熟透的时候
麓山就露出了红盖头

桃子湖的快门
成了那些往事的陷阱

搂着湘江的灵魂
在秋风中舞动
用红叶点燃那壶老酒
从浸泡的腐叶中
翻看那片火烧云

站在一条江的鼻梁上
数着秋天的眼睛
镜头在睫毛中闪过
那些碑文中，晃动着
追逐的背影

满山的风铃摇响了
年华在朗诵月色
山道上那些深浅的脚印
行走的太极阴阳
牵出典籍中的倒影

(选自 2018 年 5 月号上半月刊)

遂昌之夜

汪剑钊

1

遂昌。夜。雨，说下就下，
说停，它也就知趣地停了。我知道，

大幕低垂,而月亮依旧存在,
悬在天边的某处,星星
是一群游动的岗哨,在规定的地带
逡巡。树梢残留的雨滴
像秋天留下的一个个遗孤,顺着
枯而黄的叶子,滑落,
或许出于惊恐,再一次抱紧生命的根须……

乌溪江怯生生地露出消瘦的河床,
在河灯的照射下,黑蓝、透明……
寂静的江畔,一座名为文昌的凉亭耸立,
仿佛赤鳞鱼甩动的一道尾巴。

2

夜莺早已被玫瑰的尖刺扎伤,
田园被厂房和住宅楼覆盖,
一个异乡客,忍住了喷嚏和咳嗽,
却没有忍住对美的向往
(其中自然有对市井的好奇),
手提一小瓶雪梨膏的原浆,行走
在陌生而神秘的街巷,
寻找白昼遗失的一根长睫毛。

石板铺砌的江滨路,楼房
与招牌的倒影在水洼里泅泳,
南溪江的石桥,扶栏上有光斑闪烁,
仿佛小小的精灵在蓝色的丝带上跳舞,
冬天。雨霁。一个普通的夜晚,
日常的温情在流溢……遂昌。

(选自 2018 年 6 月号上半月刊)

小道与大道

江 凡

1

时光如水,而望城冈的春天,一往情深
一条小道,蜿蜒在南昌北郊的山冈上
在这片被崭新命名为"新建区"的大地
这条小道,将一个大写意的春天唤醒
这条小道,将无数双探寻的眼眸牵引
这条小道,将一段深重的历史与传奇铭记

这条小道,与乡道、县道、国道紧紧相连
与真理之道、光明之道、正义之道紧紧相拥
与国家的命运与世道人心紧紧依偎
在中国乃至世界的宏大版图上
这条看上去并不起眼的小道
却构筑起一条人心所向与中华复兴的康庄大道

2

青松掩映,修竹摇曳,月桂葱郁
山茶花蓓蕾初绽,桃花梨花早已芬芳满庭
鸡鸣三声,晨曦和绚
废弃的南昌陆军步兵学校"将军楼"里
走出了一位神情镇定的老人

7:35分从家动身,一条小道
沿着荒坡与田埂徐徐延伸
红土为盖、芳草丛生,1.5公里,3000余步,25分钟
已经65岁的老人脚下生风,一路疾行

从住处到工厂，一天两个来回
委屈与失意早被踩在脚下
两旁，雪白的栀子花芳香四溢

3

1970年的初春，乍暖还寒
新建县拖拉机修造厂的车间里
锤子与钢锭碰撞出沉闷的声响
一张铣床前，一个叫"老邓"的老钳工
一丝不苟，汗湿衣衫

只见他，一手握着钢锉，一手拿着齿轮
把命运的起起落落与人生的悲喜荣辱
一次次细心啮合，耐心磨砺
三年，一千多个日子，
老钳工一丝不苟，目光专注而坚定

4

春光不可负，春时不能误
"将军楼"院子里，这位老人乘着春雨浸润
在两片新拓出的菜地上松土
种上了白菜、辣椒、丝瓜、苦瓜和豇豆
此刻，这位老人不仅仅是一位园丁
更是为人儿、为人父，为人夫
别看他上了岁数，作为家里唯一的"壮劳力"
他种地、养鸡、劈柴、生火
最惬意的，是喝一小盏烈酒
遥看窗外梅岭，山峦辽阔
最深沉的，是在黄昏落日之前

绕着院子一圈圈散步
那是在忧思他的祖国和人民的命运前途

5

寒冬遮不住，梧桐新叶出
1973年2月，春天的讯息传遍江南
长满了大地、旷野、山坡
还是这一位老人
他从车间里走出，拍拍身上的尘土
他从小道一路往前，越过长江黄河、大地神州
回到人民的首都
他带着最亲近泥土的思索
和最贴近人民的初心与真挚
设计了从一条小道迈向
中国特色社会主义大道的旷世宏图

6

哦，这条小道，人们把它亲切地唤作"小平小道"
它蜿蜒曲折，通往繁花簇拥的时光深处
哦，这条小道，它一点也不宽敞
却从磨难与探索中指引方向，凝聚力量
哦，这条小道，它志向高远
挣脱江河湖海的阻隔羁绊，奔向远方，拥抱世界
哦，这条小道，它春风浩荡
紧贴着爱意深沉的大地，抵达十三亿人民的心坎

（选自2018年10月号上半月刊）

二〇一九年

嵛山灵雾

谢宜兴

仿佛这场雾是我预订的
当我把烈日下的大天湖和白茶园留在身后
神已在山顶为我们搭起了纱帐
叫阳光像侍从在对面山坡守候

也许是山崖下有一台巨大的空调机
习习凉风拧小了裸岩心头的焦躁
坐在崖边凝望小天湖若隐若现
绿腰的草坡波浪般在风中舞蹈

那一刻我相信崖边有无数云梯
流岚像万千攻城者鱼贯而上争先恐后
草场是自愿失守的城堡，浓雾划出警戒区
保护草木的隐私驱逐贪婪的镜头

大自然的美拒绝饕餮，嵛山的雾
是一次重游之约也是一种阻止和劝导

注：闽东嵛山岛，有"南国天山"之称，《国家地理》杂志评选的全国十大最美海岛之一。

（选自2019年4月号上半月刊）

地图上的故乡

王太贵

1

有一天，我在翻看一本《金寨地方志》时
偶尔看见一幅黑白版的县域地图
看了很久，终于找到我的出生地
一个依山傍水的村庄——横畈村
这是我第一次在地图上看到它
一座只有两千余人的山村
坐落在史河之南，与东湾村毗邻
我还发现，它们与河对岸的南塘村和扶岭村
形成了一个大大的"口"字形
千百年来，四个村庄的人共饮一条河水
绵绵史河，最终流入南北分界线的淮河

2

在一幅彩色的安徽省地图上
我再一次找到了我的故乡
——红色革命老区金寨县
在革命战争年代，这里有十万多儿女投身革命
有11支主力红军从这里组建征战
战火中走出了59位开国将军
被誉为红军摇篮，将军故里
面对这片土地，习总书记曾经深情地说
一寸山河一寸血，一抔热土一抔魂

3

而在一张辽阔的中国地图上

我无法找到大别山腹地的那座村庄
它太渺小，小如一粒星辰
缀在蓝天的幕布，小如一根麦芒
漂浮在一望无际的麦田
而我不断寻找故乡的过程
是我一生都乐此不疲的游戏
这种寻找和发现，所带来的惊喜
是我不断叩问乡关、赞美祖国的源头

4

我爱我的祖国，幅员辽阔，广袤无垠
我爱我的亲人，他们勤劳、朴实又善良
在建筑工地、大学城、豪华小区、实验室
在物流园、汽车生产线、露天大排档
在铝合金厂、皮革车间和广告公司……
他们的身份是快递员、保安、送奶工
是包工头、摩的司机、售楼部销售员
是大学生、科学家、理发师、钳工和电焊工……
但只要回到家乡，他们的身份却只有一个
老儿，或者丫头

5

我的大表哥，他拖家带口
在云南楚雄彝族自治州种植葡萄
他告诉我，那里没有冬天四季温暖
我二大爷，曾经坐三天三夜的火车
到新疆工地捡石头，三年才回一趟家
鼓囊囊的口袋里，塞满了吐鲁番葡萄干
我的老舅，一个46岁的安徽人

从一个学徒，打拼成铝合金加工厂老板
在东莞漂泊二十年，每年正月初一
都会登上黄旗山，为家人烧香祈福
我的堂弟，他的梦想是当个画家
而现实是，成了沈阳某小区的保安
梦想中的画笔，变成了笨重的电棍
别在他雄壮的腰上，摇摇晃晃
高中同桌廖爱君，在南海某海军服役
出海巡逻一趟，需要三个月时间
茫茫大海，已然成了他的第二故乡

6

如果将那些分布在祖国各地的亲人们
连接起来，就是一幅中国地图的轮廓
他们在广袤的土地上，辛勤劳动
流着汗水，有时候也暗自流泪
含辛茹苦，养育孩子，赡养父母
常年奔波在故乡和异乡之间
这些年，有人返乡创业，将厂房
建在了家门口，帮助乡亲们脱贫致富
有人学有所成，从象牙塔回到故乡
用知识的力量，助力美好乡村建设
每一个人，都在平凡的岗位上发光发热
家是最小的国，国是千万家
我爱他们每一个人，也就是
爱我的祖国和人民

7

大别山腹地金寨县南溪镇马头山下

有一所南溪中学，我读了七年书
在常州市红梅公园，我第一次
坐旋转木马，还拍下了彩色照片
在四川泸州，我品尝了一口 68 度的白酒
并在长江和沱江交汇处，捡回两枚石头
在鄂尔多斯成吉思汗王陵
我看见了八百年不灭的酥油灯
骏马秋风塞北，杏花春雨江南
我的一生，也许并不能走遍祖国的千山万水
我只能在《山海经》《水经注》《徐霞客游记》
以及唐诗宋词和四大名著里踏破铁鞋
我的祖国，是大漠孤烟下的一轮圆月
照亮边关，也照亮我的家乡
是黄梅戏、是六安瓜片、是兵马俑
是王勃笔下的秋水共长天一色
祖国的壮丽画卷已经铺开
秉承改革春风，新时代的如椽巨笔
正在描摹一幅大气磅礴的复兴图

8

如果一首诗歌能够表达我对故乡的爱
我希望将这首诗写得温婉细腻
像老家土墙上的茶篓，装得下茶香
也容得下汗水、鸟鸣和回忆
如果一首诗歌能够表达我对祖国的赞美
我希望是花香押韵，阳光抒怀
字正腔圆，切合平仄之律
篆隶楷行草之外，我还要动用信仰的笔法
替江山描眉，为人民喝彩

以新时代东风为笔,研墨习文
为改革开放,写一纸赞辞

（选自2019年4月号下半月刊）

该怎么书写我的祖国
苏雨景

我不知道该怎么书写那些江河
铺开纸,波涛的颤抖就在眼前
紧贴着我的每次呼吸、每次心跳
横亘于笔端,苍茫、雄浑,如一部大书

我不知道该怎么书写那些土地
它们黑如瞳孔,黄如肌肤,红如血脉
用哺育淹没劫难,用慈悲点亮灯盏
善待万物,就如同善待自己的子嗣

我不知道该怎么书写那些稻菽
丰饶抑或贫瘠,都不能阻止它们
借助太阳的光辉孕育果实,延续命脉
它们献出自己的过程,就是人类生生不息的过程

我不知道该怎么书写那些村庄
她们母性的良善犹如星光
照耀着前行的脚印,和梦
照耀着时光深处的嬗变,使我看见了良辰美景

我不知道该怎么书写那些命运

他们在历史的颠沛中制造着美
制造着诗香、墨香、酒香、梅香
制造着东方风骨和神州精神

我不知道该怎么书写那个未来
每一方沃土,都有迷人的炊烟
每一条道路,都有绵延的花朵
我已没有更新的词语,去替代那些山水清音

我不知道该怎么书写我的祖国
借着春风,我悄悄藏起一座火山
它的灼热,是一根缠绕的藤
是我准备默默交付的一生

(选自 2019 年 5 月号上半月刊)

蛟龙号之畅游海底

聂 茂

我就这么静静地看着你
看着大海的咆哮是如何环绕着堤岸和堤岸两厢的灯光
看着跳动的寒星在你的注目中升起
看着黑鸟纷纷迁徙后留下的大片大片孤寂
看着黎明前被抛弃的码头在你的招手间突然停顿
看着颤抖的阴影在你的手心里反复揉搓

我就这么静静地看着你
看着潜水的惬意与沙滩隐藏的风光

看着海鲸在海水中畅游直到它不敢触及的高度
看着眺望的碧空和它下面的黑珊瑚
看着耽溺于透明海水里漂浮的挣扎的水母
看着阳光透过的氤氲如雾的冰寒深处
看着月光奏鸣曲在大海的深层毁灭又重生
看着走了许久的旅人不知道前途还有多长和多远
看着海中翻腾的骑手
用怎样的力量咬住睡眠之火、中国速度和摧毁的盐

我就这么静静地看着你
远离一切又逼近一切
沿着人类文明的极限与从未触及的血管
沿着祖国粗糙的皮肤和大地少有的矿藏
不管是延亘四大洋的洋中脊还是马里亚纳海沟
你踏破风涛怒浪坚定行进在浩瀚如宇宙的铁沫里
你的身影缓缓深入大海
沉潜、沉潜，肩负着大地的重量
每一寸都是那么艰难
每一步都游走在死亡的边缘
一次又一次突破极限
向着三千、五千，向着七千米的深度进发
那些爆裂的洋流，那些无边无际的黑暗与恐惧
那些未知的危险海洋生物
那些黑暗中的部落发出闪光的灵魂的问候
所有的一切，包括海底世界最美的生物
都这么静静地看着你，惊讶而肃穆

我就这么静静地看着你
看着你在雷鸣的水流破碎成为黑色的泡沫中的淡定
看着你受创之时海底里突然涌起的强劲的旋风

看着你唱着笑着哭着之后吵醒了海底世界的静寂之美
看着你说话的腔调与姿势仿佛你在红旗下高高举起的手臂
看着你的语言从发烫的河流里冲去又落入寒冷的冰的耳朵
看着你在孤独上切割泪光又将泪光慢慢收起
看着你让时间在历史的大厅完成自己的塑像
看着你在飞速的冲动和高墙之间收集隧道中间的力量与意志
看着你不断攀登的荒原长出一丛丛笑脸般的花蕾

我就这么静静地看着你
在山坡地带，在海水、石块和树丛，
在绿色星星、黑色的粉末、盐巴和明亮如水的森林
在大海无语、河流沸腾仿佛活跃的火山中心
我就这么静静地看着你
看着你走进我的生命，成为细胞和血液
看着你走进崇高的孤独，成为世界和平的保障
看着你走进未来的光荣，成为中国崛起的新的坐标

（选自 2019 年 5 月号上半月刊）

每一块煤，都含有灯火通明的祖国

邵 悦

对我来讲，没有黑暗
尽管我通体的黑，看上去
像隐秘日月星光的一块暗夜
我从千米深处的地层
被一群矿山的壮汉子
左一锹、右一锹地挖掘出来

亿万年了——

长年累月，黑暗的挤压

成就了我体内的能源

成就了我火热的品格

那群光着脊梁的硬汉子

又把沸腾的热血，注入我体内

把钢铁般坚不可摧的意志

移置到我的骨骼里

他们用家国情怀，挖掘出

我这块煤的家国情怀——

我自带火种，自带宝藏

每一块噼啪作响的我

都含有灯火通明的祖国

（选自2019年5月号上半月刊）

北斗导航
——写在北斗三号正式向全球提供基本导航服务之日

苗红军

北斗七星
是悬挂在浩瀚夜空的天问
答案
在陈芳允、谭述森、李贵琦、周建华、韩春好、李祖洪等
敢于问天人的手中。

从上世纪60年代末的"灯塔计划"，到
1983年年底，双星定位概念逐步明晰，到

1994年7月，我国的导航计划诞生
正式命名为"北斗"，到
2000年10月，北斗导航系统中第一颗处子卫星顺利入轨
……
一次次宏伟的构想和时间节点
都铭刻在他们的心空
他们是一群勤于问天的人。

宽广的心空犹如一望无垠的天空。
天河漫漫，北斗璀璨
从古代的神话传说
到现代传奇，都离我们如此之近。
北斗一号、二号、三号——
全球导航系统的卫星
52颗覆盖全球各个角落
可以同步，可以变轨
可以近查，可以远眺
它们在茫茫宇宙中，就是最闪耀的星星。

而他们又何尝不是闪耀的星星
在茫茫人海中自带光环，光芒万丈。
从此，我们的家国有了全新的坐标
从宏观到微观，从一维到多维
我们的宇宙观，有了崭新的体验
我们的导弹有长在自己脑袋上的千里眼
我们的飞机、轮船、高铁有自己最精准的仪表盘
……
世界风云变幻，人间风吹草动
一切的一切尽收眼底。
天空的北斗七星，一勺勺

把琼酿玉液舀满月光杯
今晚，举国同庆。我要敬酒三杯——
第一杯，敬我们伟大的科学家们
第二杯，敬热爱世界和平的人
第三杯，敬我身边的人，因为我们都是爱国者。

（选自2019年5月号上半月刊）

第一书记

田　湘

在祖国辽阔的版图上
总会有这样的灯火指引
总会有强劲的号角
热血与炭火相融为一种新的能源

听从一枚党徽的召唤
你告别繁华都市，奔赴僻远山村
你要去研读一本从未读过的书
去翻开花开的中国最温情的一页
去完成一道时代最伟大的命题
——精准扶贫

你坚信，贫困不是不可跨越的鸿沟
在城市与乡村之间
会有一道彩虹，为梦想插上翅膀
追梦，筑梦，圆梦
你不再欣赏林立的高楼与绚烂的夜景
只仰望星空和俯瞰贫瘠的土地

你打开那页山水,开始阅读
你读迷茫而忧伤的眼神
读粗糙双手背后的辛劳与渴盼
你运用最原始的统计学,摸清每一农户的家底
你攻克经济学的盲点,探寻精准扶贫的密码
你以一枚党徽引领山川、河流与庄稼
引领传统、风俗与民情

多少个夜晚,你与月亮一同失眠
多少个节日,你放弃与家人欢聚
又有多少次,你病倒在寒冷而简陋的屋里
摔倒在崎岖而蜿蜒的山路上
青春,因你的付出和伤痛而更美丽
事业,因你的坚守与执著而更精彩
终于,你在城乡之间架起了一道绚丽彩虹
把城市与乡村完美地融为一体
这是你一生最豪迈的诗句
前进的洪流汇聚辽阔的初心
而你和你的信仰,就伫立在彩虹里,也化作了彩虹

(选自 2019 年 5 月号上半月刊)

后 记

江 岚

为庆祝新中国七十华诞，中国书籍出版社和《诗刊》社合作，出版了《诗咏新中国：〈诗刊〉历年作品选》。

本书的出版，首先要感谢中国书籍出版社副总编辑赵安民先生，是他倡议、并极力协调，最终促成此事，如果不是安民先生，也许根本就不会有这本书。因为前年即2017年为纪念《诗刊》创刊60周年，《诗刊》社已经出过诸如《〈诗刊〉创刊60周年诗歌选》等一系列的书，才隔一年，《诗刊》社本来没有此类出版计划。正是有了安民先生的坚持与努力，本书才最终得以问世。

其次，要感谢中国书籍出版社的社长王平先生。在本书到底是否需要编选、双方还举棋未定之际，正是因为王社长在安民先生的陪同下，冒着酷暑，不辞辛苦来到《诗刊》社，和主编李少君先生当面敲定从编选到出版、销售直至首发、研讨等一系列事宜，才使得本书之出版最终尘埃落实，并很快进入实施阶段。

本书能够以比较高的质量问世，还需感谢中国书籍出版社一至三审编辑。尤其要感谢责任编辑宋然女士，宋女士对工作极其认真负责，给我留下了非常深刻的印象。由于在我们编选的过程中，早期刊物没有电子版，有的是我们亲自录入，有的则使用文字识别工具快速转换而来，所以难免出错，加之近期事务实在冗杂，所以无论新诗部分还是旧体诗部分，交稿都过于仓促，结果许多问题都留给了出版社，给宋女士和二、三审的老师们增添了好多麻烦，在此谨表歉意！宋女士却能不厌其烦，把每个问题都拍照通过微信传给我，不明白的地方还要打电话加以仔细核实。我想任何一本书交给这样的编辑，质量都是有保证的，本书便遇到这么一位、而且不止一位有责任心的好编辑，实乃本书之幸。

本刊参与编选的同事共四位，即新诗丁鹏，旧体诗刘能英、韦树定和我，关于编选的过程也有必要简单地介绍一下。要从创刊以来近千册《诗刊》中精选佳作，端的犹如披沙拣金，工作量非常之大。尤其是旧体诗部分，此前出版的《〈诗刊〉创刊60周年诗歌选》绝大部分是新诗，入选的旧体诗数量极有限，而本书所需旧体诗的数量远远超过《〈诗刊〉创刊60周年诗歌选》，这就要求我们必须从零开始，从头再来，从1957年创刊号开始，一本一本地挑选出好诗来，加之以前刊物一律都没有电子版，只能自己动手亲自录入，无形中也加大了工作量，但大家不怕困难，辛勤披览，终于比规定的时间提前了半个月交稿，在此向参与本书编选的同事们道一声：辛苦了！

最后，特别感谢本刊编辑部主任谢建平先生的大力支持，感谢本刊主编李少君先生为本书作序，起到了画龙点睛的作用。

江岚

2019年8月21日

图书在版编目（CIP）数据

诗咏新中国：《诗刊》历年作品选 /《诗刊》社编. -- 北京：中国书籍出版社，2019.9
ISBN 978-7-5068-7411-3

Ⅰ.①诗… Ⅱ.①诗… Ⅲ.①诗集—中国 Ⅳ.①I22

中国版本图书馆CIP数据核字（2019）第186029号

诗咏新中国：《诗刊》历年作品选

《诗刊》社 编

责任编辑	宋 然
责任印制	孙马飞 马 芝
封面设计	东方美迪
出版发行	中国书籍出版社
地 址	北京市丰台区三路居路97号（邮编：100073）
电 话	（010）52257143（总编室） （010）52257140（发行部）
电子邮箱	eo@chinabp.com.cn
经 销	全国新华书店
印 刷	三河市顺兴印务有限公司
开 本	710毫米×1000毫米 1/16
字 数	396千字
印 张	25.75
版 次	2019年9月第1版 2020年7月第2次印刷
书 号	ISBN 978-7-5068-7411-3
定 价	58.00元

版权所有 翻印必究